www.bbulmedia.com

www.bbulmedia.com

헌팅 프론티어

정사부 현대 판타지 장편 소설

Hunting Frontier

헌팅 프론티어

2

BBULMEDIA FANTASY STORY

뿔미디어

목차

Chapter 1

지진

숙소로 돌아온 정진은 한쪽에 사람들이 모여 있는 것을 보았다.

'뭐지?'

궁금증이 일어 가까이 다가간 정진의 귀에 그들이 하는 이야기가 들려왔다.

그곳에는 조금 전 샤워장에서 자신에게 던전 안에서 본 것에 대해 물어보던 한기훈과 김현욱이 있었다.

"정말이라니까. 정말로 저기 던전 지하에 엄청 커다란 아머드 기어가 있었다고."

"어휴, 구라를 치려면 좀 속아 넘어가게끔 해봐. 만약 그런 게 있었다면 여기에 살던 인간들이 멸망했을 이유가 없지."

"맞아. 그러고 보니 박씨 말이 맞는 것 같네."

아머드 기어보다 배는 더 커다란 것을 보았다는 소리에 처음엔 귀를 기울이던 사람들이 이내 관심을 끊었다.

오히려 한기훈을 허풍쟁이 취급 하며 비웃었다.

정진의 이야기를 듣고 마치 자신이 경험한 것인 양 자랑하려던 한기훈이었지만, 나름 논리적인 추론을 내세우며 반박하자 할 말이 없어진 것이다.

실제로 직접 본 것도 아니기에 뭐라 대답하기가 궁색했다.

이대로 가다간 꼼짝없이 거짓말쟁이로 몰릴 판이라 한기훈은 함께 던전 탐사를 갔던 김현욱에게 구원 요청을 하였다.

"이봐, 김씨! 여기 와서 이 사람들에게 우리가 본 것 좀 말해주게. 내 말이 거짓인지 참인지 말이야."

그때까지 잠자코 있던 김현욱은 짐짓 과장된 표정을 지어 보이며 장단을 맞춰주었다.

"그래, 그거 나도 봤어. 정말 대단하더라고. 엄청 커다란 방패하고 칼까지 가지고 있었다니까?"

"자, 봐. 이래도 내가 거짓말을 하고 있나."

한기훈은 언제 그랬냐는 듯 다시 기가 살아 큰소리를 치며 사람들을 쳐다보았다.

"그게 참말인가? 정말로 그런 게 저 던전 지하에 있단 말이야?"

"그렇다니까! 그 뭐냐, 탐사 책임자인 그 무슨 박사가 내일 다시 탐사를 하러 간다고 했으니, 내일 던전에 들어가게 된다면 자네들도 꼭 보게. 내 말이 사실인지 거짓인지는 내일이면 밝혀질 것인데, 내가 자네들을 속여 뭐하겠나."

그럴싸한 한기훈의 주장에 주위의 사람들은 그제야 어느 정도 납득한다는 모습을 보이기 시작했다.

사람들의 관심이 자신에게 모여들자 한기훈은는 신이 나 계속해서 이야기를 늘어놓았다.

사람들은 그런 한기훈의 말에 저도 모르게 빠져들어 갔다.

정말로 거대 아머드 기어가 존재한다면, 이는 전대미문의 대발견이 될 수도 있는 일이었다.

한편, 조금 떨어진 곳에서 일꾼들이 주고받는 이야기를 듣고 있던 이정진은 눈빛을 반짝였다.

저 말이 사실이라면 정부에 그에 대한 정보를 넘기고 특별 수당을 요구할 수도 있었다.

그러면서 한편으로는 걱정도 되었다.

지금 저들이 말하는 만큼의 대단한 유물이라면 노태 클랜의 대응이 결코 호락호락하지 않을 것이 분명했기 때문이다.

지금까지 한 번도 알려지지 않은 유물.

그것도 어쩌면 기존의 상식을 완전히 뒤엎어 버릴 만한 것.

자신이 들은 대로라면 오늘 탐사대가 던전에서 발견한 것은 뉴 어스의 대몬스터 병기가 분명했다.

지금까지 알려진 뉴 어스의 대몬스터 병기는 존재하지 않았다.

어떠한 메커니즘으로 구동이 되는 것인지 알 수 없는, 그래서 마법이라 뭉뚱그려 표현을 하고 있는 것이 인첸트된 반지나 목걸이, 그리고 무기 등의 물건이 전부였다.

주로 인간이 휴대하며 사용할 수 있는 것에 국한되었다.

한데 지구의 아머드 기어처럼 탑승형 대몬스터 병기가 있었다니…….

이정진으로서는 순순히 받아들이기가 어려웠다.

아니, 어쩌면 발굴이 되었는데 각국에서 극비로 하고 있는 것일지도 모를 일이기는 했다.

노태 클랜 또한 일꾼들이 말한 것이 정말 사실이라면, 정보를 숨기려 할 것이다.

그랬기에 이정진은 더욱 위기감을 느꼈다.

비밀을 지키는 가장 좋은 방법이란 동서고금을 통틀어 한 가지뿐이다.

비밀을 알고 있는 이들을 모두 죽이는 것.

그리고 이곳 뉴 어스는 그런 일을 벌이기에 너무도 적당했다.

'이거, 정말로 이번 의뢰는 잘못 수령한 것 같아.'

이곳 흰머리산 던전에서 노태 클랜은 나름대로 적정량의 유물들을 발굴했다.

그중 얼마나 빼돌릴지는 모르겠지만, 결코 정직하게 전부 다 신고하지는 않을 게 분명했다.

이는 비단 노태 클랜뿐만 아니라 다른 클랜들도 경우가 비슷했다.

대부분의 헌터 클랜에서는 보통 발굴을 하면 평균적으로 유물 중 70~80% 정도만 신고를 하였다.

그리고 나머지는 몰래 암시장에 유통을 시켰다.

그래야 더 많은 이익을 낼 수 있기 때문이다.

능력만 된다면 더 많은 뉴 어스의 유물을 빼돌리겠지만, 그건 좀처럼 쉽지 않았다.

우선 뉴 어스로 왕래하는 게이트를 정부에서 관리하고 있기 때문에 게이트 관리자와 거래를 하지 않는 이상 밀반입은 사실상 불가능한 일이었다.

하지만 굳이 지구로 가져가 유통하지 않더라도 아티팩트를 팔 수 있는 방법은 다수 존재했다.

그러다 보니 정부에서는 던전 발굴을 하는 클랜에 참관인을 붙이는 것은 물론이고, 몰래 비공개 감시자를 붙이기도 하였다.

이정진은 창밖을 보며 살짝 인상을 구겼다.

숙소 창밖으로 노태 클랜의 헌터와 조사관들이 기거하는 중앙 건물이 보였다.

그런데 2층 한곳이 아직도 환하게 불이 밝혀진 게 아닌가.

사실 그곳은 이정진도 한 번 가본 적이 있는 방이었다.

흰머리산 던전 캠프의 경비 책임자 사무실.

이 시간에 불이 켜져 있다면 그 의미는 오직 하나뿐이었다.

아마도 오늘 탐사대가 발견한 것에 대한 회의를 하고 있을 것이 분명했다.

이정진이 이토록 신경을 쓰는 것은 분명한 이유가 있었다.

이곳 캠프의 책임자인 박용식에 대해 어느 정도 알고 있기 때문이다.

자신이 속한 클랜의 이익을 위해선 무슨 짓이든 하는 사람이 바로 박용식이었다.

몬스터 사냥을 나갔을 때, 효율을 높이기 위해 일부러 일꾼이나 전투력이 약한 헌터를 미끼로 사용했다는 소문까지 도는 사람이었다.

물론 소문이 돌았을 때 헌터 협회에서 조사를 하였고, 조사 결과는 무혐의로 판정이 내려졌다.

하지만 그냥 넘어가기에는 석연치 않은 구석이 너무도 많았다.

그가 주도하는 몬스터 사냥에서 발생하는 사고는 평균을 훨씬 웃돌았다.

헌터나 일꾼들이 죽는 경우도 다반사였다.

분명 의심되는 상황이 한둘이 아니었다.

다만, 노태 클랜이 큰 세력을 갖고 있기에 누가 나서서 조사를 하기가 쉽지 않을 뿐.

뉴 어스에서 발생한 사고를 명확하게 밝혀내기란 불가능했다.

자칫 무리하게 조사를 벌이다가는 몬스터의 밥이 되기 십상이었다.

게다가 일개 일꾼이나 힘 없는 헌터를 위해 목숨을 건다는 건 쉽지 않은 일이었다.

정의를 내세워 조사에 착수하는 이들이 없는 것은 아니었지만, 그들은 전부 얼마 지나지 않아 행방불명이 되고 말았다.

몬스터에게 잡아먹혔거나, 아니면…….

어쨌든 일이 그렇게 흘러가다 보니 뉴 어스에서의 실종사건에 대해 조사하려는 이는 이제 존재하지 않았다.

시체도 없고, 증거도 없다.

있는 것이라고는 피해자가 있다는 단순한 정보 정도.

그러니 누가 나서겠는가.

막말로 몬스터가 습격했을 때, 정신을 차리고 보니 그 사람이 잡아먹혔고 하면 끝이었다.

클랜에서 희생자에 대하여 형식적인 유감을 표하고 약간의 위로금을 전하고…….

희생당한 사람들의 유족은 영원히 진실을 알지 못한 채 그저 클랜에서 해주는 말만 믿었다.

물론 위로금조차 주지 않는 곳도 있지만, 노태 클랜에서는 그런 점에서 철저했다.

반드시 희생자 가족에 위로금을 전달하며 자신들은 최선을 다했다는 이미지를 심어주어 트러블의 싹을 원천적으로 차단하는 것이다.

경험 많은 헌터인 이정진은 당연히 노태 클랜의 겉모습에 속지 않았다.

이미 헌터들 사이에서는 박용식이나 그를 감싸고도는 노태 클랜의 행태가 널리 알려져 있기 때문이었다.

"어? 언제 왔어? 다 씻었으면 편히 쉬라고."

이정진은 옆에 정진이 와 있는 걸 보고 말을 걸었다.

그때까지 정진은 사람들이 이야기 나누고 있는 모습을 넋나간 듯이 바라보고 있었다.

그러다 이정진의 말을 걸어오고 나서야 정신이 든 듯했다.

"아… 예, 형님."

정진은 두 사람이가 너무 이야기를 떠벌리는 것 같은 마음이 불편했다.

윤문수가 탐사대에게 포상을 약속하면서 단단히 엄포를 놓지 않았던가.

오늘 하루 보고 들은 것에 대해 입단속을 철저히 하라고.

한데 저리 자랑하듯 이야기를 해 대니 포상은커녕 어떤 불이익을 당할지도 모를 일이라는 불안감이 든 것이다.

하지만 이제 와서 어쩔 수도 없는 일.

정진은 힘없이 자신의 자리로 돌아가 관물대를 정리하고 몸을 눕혔다.

바로 그때, 옆으로 다가온 이정진이 잠시 망설이다 작은 목소리로 말했다.

"정진아."

"아, 형님. 하실 말씀 있으세요?"

정진은 평소와 달리 무척이나 조심스러워하는 이정진의 모습에 의아하다는 듯 물었다.

이정진은 이야기를 해야 하나, 말아야 하나 한참을 고민하다 결국 주의를 주기로 마음먹고 입을 열었다.

"이번 던전 탐사… 뭔가 이상하다. 혹시 모르니, 헌터들의 움직임을 예의주시하고 있어. 남들에게는 절대 말하지 말고."

"예? 그게 무슨 소리세요? 헌터들을 주시하라니요?"

정진은 언뜻 이해가 가지 않아 다시 물었다.

무엇 때문에 헌터를 조심해야 하는지 이유를 알 수 없기 때문이었다.

이정진은 잠시 주변을 살폈다.

그러고는 다른 이에게 들릴 염려가 없다는 것을 확인한 후에야 정진에게 자신이 알고 있는 바를 말해주기로 했다.

"정진아, 이건 내가 널 믿고 얘기해 주는 거야. 그러니 절대 다른 사람에게는 말해선 안 된다."

"네."

혹시 몰라 한 번 더 주의를 준 이정진은 정진이 진지하게 받아들이는 것 같자 말을 이었다.

"사실 이건 헌터들 사이에서 떠도는 이야기인데, 노태 클랜은 알려진 대로 공명정대하게 일을 처리하는 클랜이 아니야. 물론 대형 클랜 어디나 조금씩 치부를 갖고 있긴 한데, 노태 클랜은 그 정도가 더 심한 편이지."

정진은 처음 듣는 이야기에 귀를 기울였다.

헌터를 꿈꾸고 있던 정진에게 헌터 세계 이면의 내용은 그야말로 충격적이었다.

"너도 알다시피 뉴 어스의 아티팩트는 특별한 힘을 가지고 있어. 그 하나하나의 가치는 따지기 어려울 정도이지.

몇 개만 빼돌려도 클랜은 엄청난 이윤을 볼 수 있는 거야.”

“아…….”

나름 납득한다는 정진의 모습에 이정진은 더욱 주위를 경계하며 목소리를 낮춰 이야기를 이어갔다.

“사실 거기까지는 큰 문제될 것이 없어. 한데 내가 걱정하는 것은… 이곳 던전 캠프에 박용식 헌터가 있다는 거야.”

“박용식 헌터요? 그게 왜요?”

정진은 이정진이 경비 책임자인 박용식 헌터를 언급하자 의아한 표정으로 물었다.

“다른 헌터들도 클랜의 이익에 대해 민감하게 반응을 하지만, 박용식은 특히 더 그렇거든. 자신이나 클랜의 이득을 위해 수단과 방법을 가리지 않는 것으로 유명해.”

“수단과 방법을 안 가려요? 어떻게요?”

“몬스터 사냥을 나가서 일꾼이나 힘이 약한 헌터를 미끼로 이용을 한다든가, 사냥을 끝내고 돌아올 때 일부러 위험 지역을 경유해 희생자를 늘리기도 한다고 하더구나.”

“아니, 그게 정말이에요? 어떻게 사람이 그럴 수가 있죠?”

“그러니까 말이다. 헌터 협회에서 조사를 벌였지만, 무혐의 처분을 받았다고 한다. 너도 알겠지만, 이곳 뉴 어스에서 조사라는 것은 형식적인 것뿐이야. 사건이 터지면 어떤 증거도 남지 않아. 그러니 너도 조심해라. 이번에 던전에서 발견된 유물이 많은 것도 불안한 일인데, 오늘 발견되었다는 그것은 아직 어디에도 발표된 예가 없는 것이다. 박용식이나 노태 클랜에서 뭔가 일을 꾸민다 해도 전혀 이상할 게 없으니 너도 단단히 준비를 하고 있어야 해."

이정진은 신신당부를 하고는 자신의 자리로 돌아갔다.

혼자 남은 정진은 이정진이 남긴 말을 곰곰이 생각해 보았다.

'그 말이 사실일까? 협회에서 조사를 했을 땐 무혐의 처분을 받았다는데… 하지만 형님의 말이 사실이라면? 아니, 사실이 아니더라도 주의를 기울이는 것이 나쁘지는 않을 거야.'

정진은 이정진의 말대로 헌터들의 행동을 주시해야겠다고 결심했다.

그런 일이 벌어지지 않는다면 다행스럽겠지만, 만약 이정진의 말대로 상황이 흘러간다면 일개 일꾼인 자신으로서는 마땅히 대처할 수단이 없었다.

언제 목숨을 잃어도 이상할 게 없는 것이다.

상대는 대형 클랜에 속한 헌터.

강화 수술을 받거나 마정석 에너지 주입을 통해 강력해진 신체를 자랑하는 헌터들이다.

일반인인 자신이 그런 헌터를 감당한다는 것은 어림도 없는 일이니, 최대한 주의를 기울여야 했다.

만약 이정진의 말처럼 그들이 일꾼들을 희생시키려 마음먹는다면, 행동에 들어가기 전에 몸을 피해야만 했다.

물론 몬스터가 득실거리는 이곳에서 피하면 어디로 피할 것이며, 또 10일이나 걸리는 뉴 서울까지 무사히 돌아갈 수 있을지는 알 수 없는 일이었다.

하지만 넋 놓고 당하는 것보다는 나았다.

'하… 이것도 저것도 다 위험하기는 마찬가지구나. 젠장.'

헌터들의 손아귀에서 빠져나가는 것도 위험하지만, 무사히 빠져나갔다고 해서 위험이 끝나는 것이 아니었다.

아니, 위험은 그때부터 본격적으로 시작될 것이다.

뉴 어스의 지배자라 할 수 있는 몬스터.

헌터에게 보호 받지 못하는 상태에서 홀로 남겨진다는 것은 죽음을 의미했다.

정진으로서는 아무리 약한 몬스터라 해도, 아니, 뉴 어스의 맹수와 마주치기만 해도 꼼짝없이 죽은 목숨이었다.

게다가 흰머리산 던전으로 오면서 목격한 거대 몬스터는 지금도 생각만 하면 오금이 저릴 정도였다.

사실 정진이 우려하는 것은 또 있었다.

많은 이들이 눈치채지 못한 일이지만, 아머드 기어 네 기와 거대 몬스터가 치열하게 전투를 벌일 때, 정진은 탐사대를 주시하는 또 다른 존재를 알아차렸다.

비록 자세한 모습은 보지 못했지만, 빽빽한 나무 사이로 보이던 새파란 눈동자.

지금도 꿈속에 나타나 정진을 괴롭히는 존재였다.

"조심해!"

윤문수는 에너지 측정기를 옮기는 일꾼들을 향해 큰 소리로 주의를 주었다.

만약 이동 중에 떨어뜨리기라도 하면 큰 낭패였다.

무척이나 예민한 기기다 보니 작은 충격에도 고장이 날 수 있었다.

만약 에너지 측정기가 고장 나면 이곳 던전 캠프의 일은 올 스톱이 되고 말 것이다.

새로운 에너지 측정기를 가져오기 전에는 어떤 일도 할

수 없을 테고.

타이탄을 던전에서 꺼내 창고에 옮겨놓을 수는 있겠지만, 정확한 가치를 측정할 수는 없는 노릇.

그러니 하나밖에 없는 에너지 측정기의 존재는 현재 이곳 캠프에선 그 어느 것보다 중요하다고 할 수 있었다.

"어서 불을 밝혀라!"

윤문수는 에너지 측정기를 옮기는 일꾼들에게서 눈을 떼지 않으며 상황을 통제하려 애썼다.

어제와 달리 바닥에 내려놓는 LED램프조차 일일이 지시해 가며 나서는 것이었다.

자칫 어두운 조명 때문에 일꾼이 발을 헛디뎌 측정기를 떨어뜨리기라도 한다면 모든 노력이 허사로 돌아간다.

그런 탓에 조명 설치 작업조차 꼼꼼하게 체크했다.

일꾼들은 그런 윤문수의 지시에 따라 일일이 못을 박고 고리를 끼워가며 LED램프를 복도에 고정시켰다.

LED램프가 벽에 설치되니 복도는 훨씬 밝아졌다.

하지만 아직도 복도 전체를 밝히는 것은 아니기에, 어제보다 조금 더 촘촘하게 LED램프를 설치하였다.

하나하나 세심하게 작업을 하며 서서히 아래로 내려간 탐사대는 이윽고 타이탄을 발견한 방에 도착하였다.

윤문수는 뉴 어스의 아머드 기어라 여겨지는 유물의 명칭을 공식적으로 타이탄이라 명명했다.

그리고 지금, 마침내 타이탄에 대한 공식적인 조사가 시작되었다.

조사관들이 타이탄에 대해 한창 살피고 있을 때, 윤문수는 조수인 김형인을 불러 남은 미탐사 지역을 조사하라는 지시를 내렸다.

그 순간, 김형인의 표정은 무척이나 딱딱하게 굳어졌다.

윤문수 등 다른 사람들은 타이탄에 정신이 팔려 미처 그런 김형인의 표정을 살피지 못했다.

하지만 정진과 몇몇 일꾼들은 확실하게 김형인의 굳은 표정을 보았다.

"그럼 다녀오겠습니다."

"그래, 또 어떤 것이 남아 있을지 모르니 꼼꼼히 살펴보라고."

"알겠습니다."

"그래, 수고해."

윤문수는 이내 많은 조사관들을 이끌고 타이탄이 있는 방으로 향했다.

혼자 남아 조사관들의 모습이 사라질 때까지 차가운 눈으로 한동안 노려보던 김형인이 몸을 돌리며 말했다.

"우리도 그만 가도록 하죠."

애써 감정을 눌러 참으며 김형인은 묵묵히 걸음을 옮겨 어두운 복도 속으로 향했다.

걷고 또 걸었다.

계단이 나오면 아래로 내려가고, 복도가 나오면 앞으로 나아갔다.

김형인과 일꾼들, 그리고 이들을 보호하는 헌터 두 명은 한참을 걸었지만, 뭔가 새로운 것을 발견하지는 못했다.

간간이 새로운 방이 나타나기는 했지만, 천장이 무너져 들어갈 수가 없었다.

그럴 때마다 김형인은 희망과 절망 사이를 오갔다.

타이탄 연구에서 배제되었다는 상실감에 김형인의 걸음에는 힘이 없었다.

하지만 새로운 방을 발견했을 때는 잠시 기대를 갖기도 했다.

무언가 새로운 발견을 할 수 있지 않을까란 희망 때문이었다.

하지만 기대가 큰 만큼 실망도 커지는 법.

흙더미에 뒤덮인 방 안의 모습을 확인하고는 어깨가 처질 수밖에 없었다.

그야말로 희망 고문이라 할 수 있었다.

그렇게 기대와 낙담을 반복하던 김형인의 마음은 이제 절망으로 가득 찼다.

그런 감정은 복도의 끝에 도달해서 절정에 이르렀다.

막다른 벽.

더 이상 발견할 수 있는 것은 없었다.

갈라진 벽이 김형인의 마음을 대변해 주는 듯했다.

지금까지의 구조로 보아 이곳은 던전의 가장 밑바닥이 분명했다.

이 순간에 이르러 김형인은 윤문수에 대한 원한이 극에 치달았다.

자신이 지금까지 그를 위해 해준 것이 얼마인데, 이렇게 자신을 내버릴 수 있단 말인가.

확실하게 성공이 보장된 타이탄 연구에서 자신을 제외시킨 의도야 빤했다.

공을 빼앗길까 저어했을 것이다.

혹여나 다른 타이탄을 발견할 수 있지 않을까 하는 심정으로 길을 나섰지만, 그것은 헛된 기대일 뿐이었다.

결국 허탕만 치고 돌아가게 되었다는 사실에 김형인은 깊은 박탈감에 빠졌다.

김형인의 판단은 틀리지 않았다.

흰머리산 던저이라 판단했던 이곳은 동굴이나 미로 형태의 던전이 아니었다.

그저 땅에 묻힌 건물일 뿐이었다.

그리고 지금 김형인과 일행들이 멈춰 선 위치는 건물의 최하층.

더는 조사하고 말 게 없었다.

사실 던전 탐사 초반부터 어느 정도 예측하던 일이었다.

여느 던전과는 전혀 다른 형식의 내부 구조였기에 윤문수는 물론이고, 김형인도 던전에 들어서자마자 금방 깨달았다.

많은 장서들이 발견되는 것은 물로, 인간의 생활양식에 이용되는 많은 시설들을 발견할 수 있던 것이다.

사이즈가 좀 크다는 것을 제외하고는 차이점을 찾아볼 수 없을 정도였다.

그런 이유로 조사관들의 눈이 반짝이기도 했다.

뉴 어스에도 인류가 존재했다는 증명이 될 것이기에.

하지만 그 속에서도 버려진 처지가 되어버린 김형인에게

는 이제 아무런 의미가 없었다.

한편, 김형인이 낙담하여 바닥에 주저앉아 있을 때, 정진은 기이한 느낌을 또 한 번 받았다.

뉴 서울을 벗어나 첫 야영을 할 때, 거대 몬스터의 습격 도중 숲 속에 숨어 있던 의문의 시선과 마주했을 때.

그때 접한 기이한 느낌이 다시 한 번 벽의 갈라진 틈에서 느껴졌다.

정진은 알 수 없는 느낌에 이끌려 자신도 모르게 벽으로 걸어갔다.

하지만 정진의 돌발적인 움직임을 이곳에 있는 그 누구도 알아차리지 못했다.

몬스터에 준할 정도로 감각이 예민한 게 헌터였다.

한데 헌터가 두 명이나 있었지만, 정진이 사라지는 것은 아무도 눈치채지 못했다.

우르르릉!

"헉!"

정진이 사라지고 난 직후, 갑자기 던전 전체가 흔들렸다.

"지진이다!"

주저앉아 있던 김형인은 요란한 소리와 함께 복도가 흔들리자, 놀란 마음에 뛰어오르듯 몸을 일으켰다.

그러고는 얼른 복도 벽 쪽으로 몸을 날렸다.

어제도 탐사를 하던 도중 발생한 지진으로 인해 적잖이 놀랐었다.

그런데 또다시 거센 진동이 던전을 덮치자 김형인은 겁이 덜컥 났다.

"이만 돌아간다!"

마치 비명처럼 소리친 김형인은 뒤돌아 뛰기 시작했다.

난데없는 진동에 모두가 제 한 몸 챙기기에 여념이 없었다.

탐사대의 일원 중 사라진 사람이 있는지 확인한다는 것은 그야말로 불가능한 일이었다.

던전이 무너질지 모른다는 두려움 탓에 모두가 정신없이 내달렸다.

무엇보다 책임자인 김형인이 제일 앞서 도망을 치고 있으니, 엉거주춤하고 있을 틈이 없었다.

일행을 보호해야 할 헌터 두 명도 사정은 마찬가지였다.

그들의 우선순위는 김형인.

한낱 일꾼들 따위야 어찌 되든 신경 쓸 계제가 아니었다.

아니, 사실 이참에 일꾼들이 알아서 죽어주면 더 바랄 게 없었다.

김형인조차 모르는 사실이지만, 두 헌터에게는 또 다른 임무가 부여된 상황이었다.

그것은 바로 일꾼들의 숫자를 줄이는 것.

이는 전날 밤, 박용식으로부터 은밀하게 내려온 명령이었다.

이곳 흰머리산 던전이 그저 일반적인 던전이었다면 그런 결정을 하지 않았을 테지만, 타이탄이 발견되고부터는 상황이 완전 바뀌었다.

상상하던 것보다 훨씬 높은 가치를 기대할 수 있기에 욕심이 생긴 것이다.

흰머리산 던전 경비 책임자인 박용식은 아예 이번 던전 탐사를 실패한 일이라 은폐하기로 결정하였다.

클랜 상층부에 따로 보고를 올리고 타이탄에 대한 처리가 결정될 때까지 던전의 비밀을 숨기려는 생각이었다.

그래서 헌터들에게 사고를 가장해 일꾼들을 모두 죽이라고 지시를 내렸다.

하지만 이런 천재지변은 그조차도 미처 생각지 못한 사태였다.

갑작스런 지진으로 인해 임시 책임자인 김형인은 뒤도 돌아보지 않고 왔던 길을 되돌아 뛰었다.

그리고 헌터들 또한 임무보다 자신의 생명이 우선이었다.

언제 무너질지 모르는 이곳에 남아 일꾼들을 죽이고 있을 틈이 없었다.

살아남기 위해서는 뛰어야 했다.

결국 자기 자신의 목숨이 우선인 법이니까.

타다다닥!

갑자기 천장에서 돌 부스러기가 떨어지고, 바닥이 흔들리기 시작하였다.

한창 타이탄에 매달려 조사를 하던 사람들은 던전 전체가 흔들리자 놀라 비명을 질렀다.

"뭐, 뭐야!"

갑자기 흔들리는 지반으로 인해 윤문수와 조사관들은 제대로 서 있지도 못하고 휘청거릴 지경이었다.

"지진 같습니다."

"젠장."

쿠구구궁! 쾅!

이어 조금 전과는 비교도 되지 않을 정도로 엄청난 소리가 가까운 곳에서 들려왔다.

난데없는 지진으로 인해 타이탄들도 더는 버티지 못하고 바닥에 쓰러지고 만 것이다.

그 와중에 타이탄에 매달려 조사를 하던 조사관 한 명이 낙상하여 골절상을 입었다.

"아악!"

조사관은 고통에 비명을 지르며 도움을 청했다.

하지만 계속해서 이어지는 여진 탓에 어느 누구도 그를 도와줄 수가 없었다.

자칫 잘못하다가는 타이탄에 깔릴 수도 있는 위험천만한 상황.

그러니 도와주고 싶어도 어찌할 수가 없는 것이다.

투두둑!

이윽고 흔들림이 멈추고, 천장에서 떨어지던 돌 조각들도 더 이상 없어졌다.

"휴, 이제야 지진이 멈춘 것 같군. 어서 현석이를 옮기게."

윤문수는 낙상해 쓰러져 있는 조사관을 돌아보며 지시를 내렸다.

"아무래도 오늘은 더 이상 어렵겠다. 이만 철수하고 내일 다시 준비를 하여 오기로 한다. 내일 올 때도 여기서 며칠 머물 준비를 하고 내려오기로 한다."

"알겠습니다."

윤문수는 순식간에 영망진창이 되어버린 던전 내부와 쓰러진 타이탄들을 보고는 혀를 찼다.

남은 기간 동안 내내 이곳에서 숙식을 하면서 시간을 아낀다 해도 일정이 빠듯한 것은 어쩔 수 없어 보였다.

이번 타이탄 연구에 자신의 명운을 걸다시피 하고 있는 윤문수로서는 지금의 상황이 무척이나 못마땅했다.

타닥, 타닥.

윤문수 일행이 던전을 나가려던 찰나, 복도를 울리는 소리가 들렸다.

고개를 돌린 윤문수는 저 멀리 희미한 불빛 사이로 누군가 달려오는 모습을 보았다.

'벌써 돌아오는 것인가? 설마 지진 때문에 중간에 돌아온 것은 아니겠지?'

윤문수는 뛰어오고 있는 사람이 김형인이라는 것을 확인할 수 있었다.

"이제 괜찮으니 진정하게. 탐사는 다 마친 것인가?"

쉬지 않고 달려온 김형인을 보며 윤문수는 차분하게 물었다.

그 물음 속에는 혹시나 자신이 발견한 타이탄 말고 또 다른 것이 있는가 하는 기대감이 담겨 있었다.

하지만 들려온 대답은 윤문수의 기대를 무너뜨리는 내용이었다.

"아, 네… 후우, 이 밑에는 아무것도 없었습니다. 후욱, 후, 몇 개의 방이 있기는… 후, 했지만… 무너진 토사로 인해 모두 막혀 있었습니다."

김형인은 숨이 턱 끝까지 차오른 탓에 말을 하는 게 무척 힘들어 보였다.

하지만 책임자인 윤문수가 묻는 터라 한가하게 숨을 고를 여유가 없었다.

결국 그는 중간 중간 심호흡을 하며 겨우 대답을 하였다.

하지만 윤문수는 그런 것을 고려해 주는 인간이 아니었다.

실망스러운 답변에 김형인이 힘들어하든 말든 얼굴을 찡그리며 외면해 버렸다.

그러는 사이, 먼지를 뒤집어쓴 헌터와 일꾼들이 허겁지겁 달려왔다.

가만 생각해 보니 참으로 신기한 일이었다.

아무리 죽을 듯이 숨을 몰아쉬고 있다지만, 어떻게 김형인이 가장 먼저 도착할 수 있단 말인가.

육체노동이 전문인 일꾼들은 물론, 일반인과는 비교를 불허하는 헌터들보다도 일개 연약한 조사관이 더 빠르다?

무언가 석연찮은 느낌이 들었지만, 지금 중요한 것은 그게 아니었기에 그냥 무시하는 윤문수였다.

"오늘은 이만 캠프로 돌아가기로 한다. 내일부터는 이곳에서 머물면서 조사를 할 것이니, 그렇게 알고 있도록."

"알겠습니다."

숨이 안정적으로 돌아온 김형인은 윤문수의 말에 고개를 끄덕였다.

"출발하지."

대충 상황이 정리된 듯하자 윤문수는 일행에게 귀환을 명했다.

인원이 맞는지 확인하는 따위의 절차는 일체 없었다.

던전에서 빠져나온 윤문수 일행은 눈앞에 펼쳐진 풍경에 입을 다물 수가 없었다.

"세상에……."

"어떻게 이런 일이……."

"설마 조금 전 지진 때문에 이렇게 된 건가?"

참혹한 재해 현장이 따로 없었다.

캠프는 전장의 참상을 방불케 할 정도로 황폐화되어 있었다.

그리고 어제 생겨난 싱크홀은 더욱 넓고 깊게 그 규모를 키웠다.

그나마 긍정적인 점은 무너진 흙더미로 인해 던전이 일부 모습을 드러냈다는 점이었다.

미리 예측한 바대로 이곳은 던전이 아니라 커다란 성이었다.

하지만 무너져 내린 캠프를 바라보는 윤문수 일행에게 그러한 사실은 눈에 들어오지 않았다.

당장 급한 것은 오늘 음식을 해 먹고, 잠을 잘 공간이 없다는 현실이었다.

조금이나마 휴식을 취하기 위해서는 엉망이 된 캠프를 한시바삐 정리해야 했다.

하지만 상황은 그리 녹록치 않았다.

"박사님, 문제가 좀 생겼습니다."

김형인이 곤란한 표정이 되어 말했다.

지금 탐사대가 있는 성의 입구에서 캠프로 가기 위해선 20m 정도의 높이를 내려가야만 하는데, 원래 사용하던 길이 지진으로 무너져 내려 이동할 수 있는 방법이 없었다.

"음, 누가 아까 그곳으로 돌아가 밧줄을 가져와야겠는데 말이야……."

윤문수는 뒤를 돌아보며 말했다.

조사관들이나 헌터들은 하나같이 난색을 표했다.

당연한 일이었다.

언제 다시 지진이 발생할지 모르는 상태에서 누가 선뜻 나서겠는가.

그렇다고 일꾼을 내려보낼 수도 없었다.

타이탄의 존재는 조사관들과 일부 헌터에게만 알려진 사항.

괜히 일꾼을 보내 그 사실이 알려져서는 안 되었다.

물론 이는 김현욱과 한기훈이 무슨 짓을 벌였는지 모르기에 내려진 결정이었다.

만약 그런 사실을 알았다면 누가 보든 말든 박용식은 일꾼들을 몰살시켰을 것이다.

자신도 모르는 사이에 목숨을 건진 일꾼들.

앞으로 그들의 처지가 어찌 될지는 아직 모를 일이지만, 지금 이 순간만큼은 자신도 모르게 사신의 낫을 피할 수 있었다.

"제가 다녀오겠습니다."

말없는 윤문수의 압박이 이어지자 작게 한숨을 내쉰 헌터 중 한 명이 나서며 말했다.

사실 상대적으로 몸이 약한 조사관이 타이탄이 있던 곳까지 내려가 밧줄을 가져오려면 시간이 얼마나 걸릴지 알 수 없었다.

자신이 자리를 비우게 되면 탐사대 조사관들이 한참 동안 고립된 곳에서 기다리게 되겠지만, 어쩔 도리가 없었다.

탐사대 최고 책임자가 직접 지시한 일이니, 재빨리 다녀오는 것이 차라리 낫겠다고 판단한 것이다.

헌터는 빠르게 계단을 내려가 타이탄이 있던 방으로 돌아갔다.

확실히 신체능력이 범인과는 달라 거칠 것이 없는 움직임이었다.

다행히 그가 돌아올 때까지 탐사대에는 아무런 사고도 일어나지 않았다.

헌터와 일꾼들은 그가 가지고 온 밧줄을 이용해 절벽 곳곳에 단단하게 고정을 시켰다.

별다른 장비 없이 밧줄만 이용해 절벽을 내려가는 일이기에 헌터 몇 명이 먼저 내려가 혹시 모를 사고에 대비했다.

그런 후, 조사관과 일꾼들을 한 명씩 매달 듯 밑으로 내려보냈다.

무사히 던전에서 내려온 윤문수와 탐사대는 지체 없이 캠프 본부로 향했다.

윤문수는 일꾼들에게 사고 현장에 합류해서 정리를 도우라는 지시를 내리고는 건물 안으로 들어갔다.

다들 바쁘게 움직이는 와중에 그때까지도 누군가 사라졌다는 것을 아무도 깨닫지 못하고 있었다.

지진에 이어 싱크홀 발생까지…….

연이어 사건이 터지면서 제대로 인원을 챙길 정신이 없었다.

"어이, 고생들 많구만."

김현욱은 현장에서 작업에 열중인 일꾼들 사이로 끼어들며 너스레를 떨었다.

그들은 지진으로 인해 무너진 토사 주변에서 2차 붕괴를 막기 위해 보강 작업을 하고 있는 중이었다.

"어서 와. 그러지 않아도 일손이 부족했는데, 때마침 잘 왔어."

이정진은 포대 자루에 흙을 담으며 말했다.

현재 캠프에 있는 인원들은 조금 전 합류한 조사관들을 제외하고 모두가 작업에 투입된 상황이었다.

그럼에도 불구하고 워낙 작업해야 할 범위가 넓은 탓에 인력이 부족했다.

물론 캠프 안전을 위해 외곽 경비를 하는 헌터들은 각자의 자리를 지키고 있었다.

워낙 강력한 지진인 탓에 캠프는 완전 절단이 나고 말았다.

캠프의 한쪽 목책은 산사태에 휩쓸려 완전히 무너지고 말았다.

몬스터의 침입을 막을 수가 없게 된 것이다.

그로 인해 박용식은 심각한 고민에 빠졌다.

자신이 책임지고 있는 캠프의 안전을 위해선 한시라도 빨리 무너진 방책을 복구해야만 하는데, 그것이 여의치 않았기 때문이다.

무너진 방책 쪽에 커다란 싱크홀이 형성되어 있어 구멍을 메우지 않는 이상 그쪽에 방책을 세울 수는 없었다.

더욱이 본부 건물도 언제 무너질지 모르는 상태로 위태위태하게 자리하고 있는 상황.

주변 여건이 박용식의 고민을 더욱 심각하게 만들고 있

었다.

"그런데 막내는 어디 갔어?"

이정진은 김현욱과 함께 던전에 들어갔던 정진이 보이지 않자 물었다.

"어? 그러고 보니 정진이가 보이지 않네?"

김현욱은 그제야 정진이 보이지 않는다는 것을 깨달았다.

생각해 보니 던전을 나올 때 정진을 본 기억이 없었다.

"이봐, 박씨. 혹시 정진이 못 봤나? 자네하고 같이 있었잖아."

김현욱은 조금 떨어진 곳에서 있는 박찬욱을 돌아보며 물었다.

박찬욱은 김현욱이 윤문수와 함께 타이탄을 조사하는 팀에서 작업을 할 때, 정진과 함께 김형인을 따라간 일꾼이었다.

그런데 박찬욱 또한 던전을 나올 때 정진을 본 기억이 없었다.

"어? 나도 못 봤어. 분명 함께 막다른 곳까지 갔다가 지진 때문에 빠져나오고 나서는 보지 못한 것 같은데?"

박찬욱의 말에 김현욱과 이정진의 표정이 어두워졌다.

아무래도 아까 발생한 지진 때문에 미처 던전을 빠져나오지 못하고 변을 당한 것 같았다.

함께 나오지 못했다는 것은 정진이 사고를 당했다는 말이나 마찬가지였다.

"일단 작업을 마치고 내가 따로 알아보지."

이정진은 굳은 표정으로 말하고는 묵묵히 작업을 계속했다.

말은 하지 않았지만, 다른 일꾼들 역시 하나같이 표정이 어두워졌다.

처음 뉴 어스로 넘어올 때야 서로 모르는 사이기에 데면데면했지만, 여러 위험을 뚫고 이곳 흰머리산 던전 캠프에 도착하면서 일꾼들은 많이 친해진 상태였다.

일과가 끝나면 서로 어디 아픈 곳은 없는지, 불편한 사항은 없는지 살피며 서로를 위로하였다.

제일 나이가 어린 정진은 누가 뭐라고 하기 전에 솔선수범하여 궂은일을 도맡아 하였기에 동료 일꾼들에게 귀여움을 받았다.

다들 30대 중반에서 40대 초반들의 나이인 것과 다르게 정진은 이제 겨우 20대 초반의 어린 청년이었다.

더욱이 함께하면서 정진의 어려운 가정 형편을 알게 된 일꾼들은 남의 일 같지 않아 더욱 안타까워했다.

"일정이 더 늦어질 것 같은데, 어쩌면 좋겠나?"

윤문수는 박용식과 하정수를 돌아보며 물었다.

던전에서 나와 캠프의 상황을 알게 된 윤문수는 아무리 자신이 총책임자라 해도 독단적으로 결정을 내릴 수가 없었다.

사실 캠프의 관리는 경비를 책임지는 박용식의 권한이었기에.

"이대로는 방책이 없어 안전을 보장할 수 없습니다. 그러니… 조금 불편하시겠지만, 탐사대 인원을 아예 던전 안으로 옮겨 수용하는 것이 어떻겠습니까?"

박용식이 방책을 새로 세우는 문제로 고민을 하고 있을 때, 하정수가 자신의 의견을 말했다.

생각지도 못한 제안에 박용식은 갑자기 고개를 들어 하정수를 쳐다보았다.

"그게 무슨 소린가? 자세히 말해봐."

무언가 실마리를 찾은 듯해 박용식은 흥분한 목소리로 닦달했다.

너무 과한 반응에 의아하기는 하지만, 그래도 하정수는 자신이 생각하던 바를 자세히 설명해 나갔다.

“굳이 방책을 다시 세울 필요 없이 그냥 지금 인원을 던전에 수용하자는 것입니다. 어차피 함정 따위는 남아 있지 않으니 던전 내부에 인원을 수용한다면 오히려 지금보다 더 안전하게 사람들을 보호할 수 있을 것입니다. 물론 몇몇 불편한 점이 있겠지만, 몬스터의 위협보단 나을 것입니다.”

윤문수도 하정수의 제안이 썩 괜찮게 느껴졌다.

사실 지진으로 인해 지층에 균열이 생겨 던전을 출입하는데 어려움이 생긴 터였다.

겨우겨우 밧줄을 타고 내려오긴 했지만, 계속해서 그렇게 이동을 해야 한다면 어려움이 한두 개가 아니었다.

그런데 캠프를 아예 던전 안으로 옮기게 된다면, 굳이 이동하느라 시간을 허비할 필요도 없었다.

“그거 좋은 생각이군. 난 하 팀장의 의견이 괜찮다 생각되는데, 박용식 팀장은 어떻게 생각하시오?”

묻는 형식을 취하긴 했지만, 사실상 동의해 달라는 강요나 다름없었다.

윤문수로서는 지금 상황에서는 타이탄 연구에 많은 지장을 받을 수밖에 없었다.

던전을 왔다 갔다 하는 것만으로도 불필요한 시간 소모가 생기는 것은 물론, 길이 무너져 버린 터라 안전에도 심각한 지장이 초래되었다.

사실 내일부터 3일간 던전에 들어가 생활을 하며 타이탄을 연구하려고 하였는데, 캠프 자체를 던전 안으로 이전하게 되면 그럴 필요도 없었다.

방책 문제는 물론, 언제 건물이 무너질까 불안에 떨지 않아도 되었던 것이다.

"그래도 일단 입구까지는 어느 정도 안전한 길을 내야 할 것 같네. 20m나 되는 높이를 오르려면 우리 조사관들로서는 너무 힘이 부치더군."

윤문수는 조금 전의 기억을 떠올리며 말을 덧붙였다.

20m나 되는 높이에서 밧줄 하나에 의존해 내려오는 일은 여간 곤욕이 아니었다.

아무리 헌터들이 위아래에서 주의를 기울이며 조심스레 옮겨주었다지만, 솔직히 두 번 다시 겪고 싶지 않은 일이었다.

자칫 손에 힘이라도 풀리면 바로 추락해 죽을 수도 있었기에.

회의를 마치고 건물 밖으로 나온 윤문수는 소란스러운 분위기에 눈살을 찌푸렸다.

그러고는 마침 밖에서 기다리고 있던 김형인에게 물었다.
"왜 이리 소란스러워?"
"아, 예. 그게… 오늘 던전에 들어갔던 일꾼 중 한 명이 실종되었다고 합니다."
김형인은 자신이 아는 대로 대답을 해주었다.
"뭐? 그게 누군데, 저리 소란스러워?"
"예. 일꾼 중 제일 젊은 정정진이라는 사람입니다. 저랑 같이 미개척 지역을 탐사하는 데 참여했다고 하는데, 아무래도 지진 때문에 지하가 무너질 때 빠져나오지 못한 것 같습니다."
김형인의 말에 고개를 끄덕인 윤문수는 태연한 목소리로 대답했다.
"뭐, 그럼 어쩔 수 없는 일이지. 우리의 잘못도 아니고, 다른 사람 다 빠져나왔는데 그놈만 빠져나오지 못했다면 제 운명인 것이지."
윤문수는 별일 아니란 듯 그 자리를 지나갔다.
김형인도 어깨를 한 번 으쓱하고는 곧 관심을 접었다.

한편, 본부 건물 앞에선 이정진과 몇 명의 일꾼들이 헌터들을 상대로 실랑이를 벌이고 있었다.

"아니, 왜 못 들어가게 하는 것이오? 사람이 아직 저기서 못 나왔다고 하지 않습니까."

이정진은 정진의 실종 문제로 책임자를 만나 던전 출입 허가를 받으려 했다.

하지만 헌터들이 무작정 출입을 막자 참지 못하고 항의를 하는 중이었다.

"안 된다고 했잖아! 자꾸 귀찮게 하면 가만두지 않을 거야!"

헌터들은 고작 일꾼 따위가 엉겨 붙는 것 같아 더는 참지 못하고 강하게 협박을 했다.

평소였다면 그 사나운 기세에 일꾼들은 꼬리를 말고 물러났을 것이다.

하지만 지금 이곳에 있는 것은 그저 그런 일꾼이 아니었다.

이정진, 그는 경험 많은 헌터답게 결코 주눅 들지 않았다.

오히려 차가운 눈빛으로 헌터들을 노려보며 씹어뱉듯이 말했다.

"지금 우릴 협박하는 것이오? 노태 클랜에서 일꾼들을 몬스터 먹이로 던져 준다고 하더니, 그게 사실인 모양이군."

이정진은 뉴 서울 캠프에서 공공연히 떠도는 이야기를 거침없이 말했다.

차마 생각하기도 싫은 치부가 드러나자 헌터의 표정이 보기 싫게 구겨졌다.

그도 사람들이 노태 클랜에 대해 이야기하는 소문을 들었다.

하지만 그는 결코 인정할 수가 없었다.

다만, 누군가가 헛소문을 퍼뜨려 노태 클랜의 위상을 떨어뜨린다고 생각을 한 것이다.

한데 바로 앞에서 대놓고 그런 이야기를 듣게 되자 심기가 불편해졌다.

"귀찮게 하지 말고 돌아가! 자꾸 그러면 정말 재미없을 줄 알라고!"

헌터는 더 이상 상대하기 귀찮다는 듯 이정진과 일꾼들을 외면했다.

이정진과 일꾼들이 뭐라 계속 항의를 하려 했지만, 주변으로 몰려드는 헌터들 때문에 더는 목소리를 높일 수 없었다.

결국 어쩔 수 없이 자신들의 숙소로 돌아올 수밖에 없었다.

억지로 던전에 들어가려고 했다가는 주저 없이 목을 베어 버리겠다는 기세가 느껴졌기에.

사실 그렇게 된다 해도 일꾼들로서는 뭐라 할 말이 없었다.

발굴권이 없는 무자격자가 던전에 강제 침입을 시도하면, 죽여도 아무런 죄가 되지 않았다.

사실 법 자체는 그리 잘못되지 않았다.

헌터 클랜이 비싼 금액을 들여 던전을 발굴하고 막대한 세금을 내는 데 반해, 불법 도굴을 하는 도굴꾼들에게는 아무런 비용도 들이지 않고 과실만 따먹는 셈이기에.

하여 그런 범죄에 대해 정부는 강경한 입장을 취했다.

합당한 세금을 내지 않는 이는 인간으로서 인정할 수 없다는, 너무도 당연한 주장이었다.

Chapter 2

유적

정진은 뭐에 홀리기라도 한 듯 걸음을 옮기고 있었다.

그저 가슴을 울리는 기이한 이끌림에 따라…….

쏴아!

그렇게 한참을 걷고 있는데, 저 동굴 끝에서 물소리가 들려왔다.

"어? 여기가 어디지?"

그제야 정신을 차린 정진은 주변을 둘러보았다.

하지만 눈에 보이는 것은 칠흑 같은 어둠뿐이었다.

정진은 자신이 왜 이런 곳에 있는지 알 수가 없어 어리둥절하였다.

심지어 자신이 어디서 왔는지, 어디로 가고 있었는지조차 잊어버렸다.

사방이 너무도 어두워 아무런 빛도 보이지 않았다.

그저 손에 들린 LED램프 하나만이 현재 이곳에 있는 유일한 광원이었다.

정진은 덜컥 겁이 났다.

"젠장, 여기가 어디야!"

여기가 어디야! 여기가 어디야!

갑자기 덮쳐 오는 공포 때문에 정진은 자신도 모르게 고함을 질렀다.

하지만 사방을 울리는 메아리는 지금 이곳이 동굴 안이라는 사실만 알려줄 뿐, 오히려 공포심을 부채질했다.

그렇게 불안에 떨기를 한참.

정진은 어떻게든 이곳에서 빠져나가야 한다는 생각에 일단 물소리가 들리는 쪽으로 가보려 마음먹었다.

현재로서는 그것만이 방향을 가늠할 수 있는 유일한 지표였다.

정진은 알지 못했지만, 사실 물소리가 들리는 곳으로 방향을 잡은 것은 탁월한 선택이었다.

만약 반대 방향, 즉 자신이 걸어왔던 방향으로 가려고 했다면 얼마 가지 못하고 다시 돌아와야 했을 것이다.

정진이 벽의 균열 틈으로 들어선 지 얼마 되지 않았을 때 발생한 지진.

그로 인해 지반이 내려앉아 통로가 막혀 버렸기 때문이다.

얼마나 걸었을까.

물소리가 들려오던 곳에 도달한 정진은 눈앞에 펼쳐진 광경에 입을 다물 수가 없었다.

그곳에는 건너편이 보이지 않을 정도로 커다란 강이 흐르고 있었다.

설마 땅속 깊은 곳에 이렇게 커다란 강이 있을 것이라고는 상상도 하지 못한 정진은 그 놀라운 광경에 한동안 멍하니 서 있었다.

한참을 그렇게 시선을 빼앗겼던 정진은 이내 정신을 수습하고 사방을 둘러보았다.

전방은 드넓은 강 때문에 나아갈 수가 없고, 뒤는 자신이 왔던 길이니 좌우, 둘 중에 하나를 선택해야만 했다.

'물은 높은 곳에서 낮은 곳으로 흐르지. 계속 지하로 내려가면 어디로 가게 될지 모르니… 위다!'

정진은 이내 방향을 결정하였다.

일단 판단이 서자 망설임 없이 상류를 향해 걸어갔다.

"헉! 헉!"

상류로 거슬러 올라가는 것은 결코 쉬운 일이 아니었다.

더욱이 정진은 어둠을 뚫고 하염없이 걷기만 했기에 시간이나 공간에 대한 자각이 없었다.

지상과 얼마나 떨어져 있는 것인지, 이 막막한 상황이 언제까지 계속될지도 모르는 상황이었다.

꼬르륵!

그때, 갑자기 배 속에서 밥을 달라는 소리가 들렸다.

털썩!

계속된 허기에 정진은 다리에 힘이 풀려 쓰러지듯 주저앉고 말았다.

"시간이 얼마나 흐른 것이지?"

정진은 자신이 얼마나 오랫동안 걸었는지, 지금 시간이 얼마나 흘렀는지 알 수가 없었다.

부스럭! 부스럭!

일단 체력을 보충해야 한다는 생각에 배낭을 내려놓고 먹을 것을 꺼내 입에 물었다.

"음, 음……."

평소 음식을 섭취할 때 소리를 내지 않던 정진이지만, 지금은 전혀 그러지 못했다.

아무도 없는 곳에 혼자 남겨졌다는 생각에 두려운 마음이 든 탓이었다.

그래서 정진은 저도 모르게 소리를 내며 음식을 섭취하고 있었다.

사실 이는 두려움을 떨치기 위한 자연스런 행동이기도 했다.

그나마 탐사대의 부식을 정진이 챙겼기에 이렇게 음식을 먹을 수 있는 것이 불행 중 다행이었다.

만약 다른 사람이 음식을 챙기고 자신이 램프를 챙겼더라면 정말로 이곳 지하에서 아사했을지도 모를 일이었다.

하지만 부식으로 버티는 것에도 한계가 있었다.

시간이 지나도 상하지 않게 장기 보관 팩에 담겨져 있어 부패의 걱정은 없지만, 최대한 아껴 먹는다 해도 한 달이나 버틸 수 있을지 장담할 수 없었다.

"음, 김치볶음밥이 다섯 개, 소고기 볶음밥 네 개, 생수 30리터… 하루 한 끼만 먹는다고 치면 최대 44일은 더 버틸 수 있다."

말은 그렇게 했지만, 자신이 하루 한 끼만 먹고 버틸 수 있을지는 장담할 수 없었다.

"처음부터 한 끼로 하루를 버티기란 힘들어. 힘이 있어야 이곳을 빠져나갈 수 있으니, 일단 하루 두 끼로 하다 적응이 되면 조금 더 줄여가는 것으로 하자."

식사를 마치고 소지한 물품을 정리한 정진은 아예 오늘은 이곳에서 휴식을 취하기로 결정을 내렸다.

그나마 어디론가 공기가 유입되는지 숨을 쉬는 데는 전혀 지장이 없었다.

만약 통풍이 되지 않는 지하였다면 유독가스로 인해 질식사할 위험도 있었다.

하지만 다행히 강물이 들어오는 입구나 동굴 어딘가에 있는 풍혈(風穴)에서 신선한 공기가 유입되고 있어 산소가 부족한 상황은 발생하지 않았다.

정진이 잠을 자기 위해 들고 있던 LED램프의 조명을 끄자 주변은 순식간에 아무것도 보이지 않는 칠흑으로 바뀌었다.

다음 날, 눈을 뜬 정진은 주변을 더듬어 LED램프의 불을 밝혔다.

팟!

실제로는 아니겠지만, 램프에 불이 들어왔을 때 정진의 귀에는 그런 소리가 들리는 듯하였다.

"날이 밝았나?"

이곳은 지하 깊은 곳이기에 방금 전에 켠 LED램프의 빛이 전부였다.

그러니 실제로 날이 밝았는지 어쩐지는 알 수 없었다.

하지만 잠을 푹 자고 깨어났으니 아마도 시간상 그럴 것이라 추측해 볼 뿐이었다.

정진은 찌뿌둣한 몸을 가벼운 스트레칭으로 풀었다.

그런 후, 옆에 흐르는 강으로 다가가 세수를 하였다.

푸! 푸!

"어후, 차가워."

처음에는 세수만 하려고 했는데, 금방 생각이 바뀌었다.

어제 하루 종일 땀과 먼지를 뒤집어쓰고 곧바로 잠자리에 들었다는 것이 떠오른 것이다.

정진은 내친김에 옷을 전부 벗고 물에 뛰어들었다.

어차피 주변에는 아무도 없기에 거리낄 게 전혀 없었다.

그저 물속에 몸을 담근다는 것이 더없이 만족스러울 뿐이었다.

하지만 이는 정진이 야생에 대해 아무것도 모르기에 할

수 있는 무모한 행동이었다.

뉴 어스, 아니, 지구라 해도 야생에선 어떤 위험이 있을지 모르는 법.

아무런 대비도 없이 물속에 들어가는 위험천만한 행동이 아닐 수 없었다.

물속에 어떤 존재가 있을지 누가 알겠는가.

하지만 운 좋게도 이곳에는 정진을 위협할 만한 존재가 없었다.

그야말로 천만다행한 일이었다.

정진은 그러한 사실은 전혀 모른 채 그저 물이 차갑다는 것만 느끼며 빠르게 씻고 나서 몸을 말렸다.

몸을 개운하게 씻고 나니 갑자기 배가 고파졌다.

언제 지상으로 나갈지 알 수 없기에 최대한 식량을 아껴야 하는 상황.

하지만 일단 그것도 체력이 있어야 가능했다.

지금은 어딘지도 모를 동굴을 빠져나가는 것이 급했다.

정진은 일단 주린 배를 채우기로 하였다.

"오늘은 뭘 먹을까?"

배낭을 뒤진 정진은 플라스틱 케이스에 밀봉되어 있는 도시락 중 쇠고기 고추장 볶음을 꺼냈다.

어차피 불을 피울 수도 없는 지금, 쇠고기 고추장 볶음에 밥을 비벼 먹는 것이 제일 나을 것 같았다.

매콤한 고추장에 볶은 소고기.

별다른 조리가 없이도 맛은 무척이나 뛰어났다.

덕분에 정진은 그나마 기운을 되찾을 수 있었다.

아침 식사를 간단하게 끝낸 정진은 남은 쓰레기는 강가에 흘려보냈다.

만약 지구였다면 자연보호를 위해 자신이 배출한 쓰레기는 당연하게 챙겨 나왔겠지만, 이곳은 지구가 아니라 뉴 어스였다.

정진이 아무리 뉴 어스에 대한 상식이 없다고는 하지만, 흰머리산 던전까지 오면서 간단한 생존법에 대해 이정진에게 들은 게 있었다.

그중 가장 기본이 되는 원칙은 절대로 자신의 흔적을 남기지 말라는 것이었다.

뉴 어스의 몬스터들은 맹수만큼이나 냄새를 잘 맡는다고 하였다.

그런데 헌터들은 가끔 이러한 몬스터들의 능력을 무시했다.

그러다 보니 야영을 하면서 흔적을 치우지 않아 자신도

모르는 사이에 또 다른 몬스터들의 표적이 되는 경우가 종종 발생하는 것이다.

결국 몬스터 사냥을 나섰다가 오히려 목숨을 잃는 사건의 전말이다.

정진으로서는 지금 주변에 몬스터가 있는지는 알 수 없었다.

하지만 일단 들은 대로 냄새가 나는 음식물 쓰레기를 강에 가서 버린 다음 자신이 간밤에 머물렀던 흔적들을 지웠다.

이런 것이 도움이 될지는 알 수 없지만, 하지 않는 것보다는 심적으로 안정이 되는 것 같아 그대로 행했다.

주변 정리까지 마친 정진은 다시 배낭을 메고 강 상류 쪽으로 이동을 시작했다.

장애물이 나오면 돌아서 가고, 힘들면 쉬다가 어느 정도 체력이 오르면 다시 걷기를 반복하며 한참을 걸었다.

하루, 이틀 동안은 희망이 있었다, 이렇게 걸어가다 보면 언젠가는 이 동굴을 빠져나갈 수 있을 거라는.

그래서 서두르지 않았다.

하지만 일주일이 지나면서 정진은 점점 지쳐 갔다.

어느 순간부터 정진은 식량을 아끼기 위해 하루 한 끼만

먹었다.

그러다 보니 하루에 이동하는 거리도 줄어들 수밖에 없었다.

무언가 먹는 것이 있어야 체력을 보충해 많은 거리를 갈 것이 아닌가.

하지만 하루 두 끼를 먹는다는 것은 언제 외부로 빠져나갈 수 있을지도 모르는 상황에서 감히 할 수 없는 일이었다.

아사만큼이나 사람을 오랜 기간 고통에 이르게 하는 죽음이 없다고 들었다.

그렇기에 정진은 절대 그러한 고통을 오래도록 지속하고 싶은 생각이 없었다.

만약 식량이 모두 떨어진 뒤에도 밖으로 빠져나가지 못한다면, 차라리 자살을 하리라 다짐하였다.

지구에 있는 가족들을 생각하면 절대 그래선 안 될 일이지만, 정진은 굶는 고통이 죽음보다 두려웠다.

어차피 희망이 없다면 고통 없이, 그렇지 못한다면 짧은 고통과 함께 죽기를 원했다.

하지만 그것은 아직 나중의 일이고, 지금은 식량이 남아있기에 희망을 가지고 탈출을 도모할 생각이었다.

터벅터벅.

힘없는 발걸음.

"돌아간다… 나는 돌아간다… 나를 기다리는 가족들이 있는 지구로 돌아갈 것이다."

어느 순간부터 정진은 미친놈처럼 혼자 중얼거리며 걸음을 옮겼다.

빛이라고는 자신이 들고 있는 LED램프 하나가 전부인 세상.

이제는 시간의 개념도 사라졌다.

혼자서 중얼거리지도 않는다면 미쳐 버리고 말 것이다.

아니, 어쩌면 지금 정진은 미친 상태일지도 몰랐다.

강박적인 생각 속에서 정진은 흐려지는 정신을 붙잡기 위해 계속해서 자신을 세뇌했다.

그렇게 아무 생각 없이 걷고 있을 때였다.

"어?"

LED램프 불빛 끝에 뭔가 이상한 것이 언뜻 보였다.

늘 똑같은 동굴의 벽이 아니었다.

뭐라 설명하기는 어렵지만, 분명 무언가가 달랐다.

"대체 뭐였지?"

처음에는 아무 생각이 없었기에 무심히 지나쳤는데, 몇

발자국 걸어가며 다시 동굴 벽을 비췄을 때 비로소 눈치챌 수 있었다.

그동안의 자연스러움이 아니라 인간의 손길을 받은 듯 수직으로 반듯하게 깎여 있는 모습.

물론 그저 동굴 벽이 아무런 무늬 없이 수직으로만 되어 있었다면 이렇게 눈길을 끌지는 않았을 것이다.

정진이 놀란 이유는 확실하게 이 동굴 벽이 인공적으로 만들어진 것이라는 증거를 발견했기 때문이다.

그 증거는 바로 벽에 그려진 문양.

전체적인 문양은 알아볼 수 없지만, 정진이 비춘 LED램프의 불빛으로 볼 수 있는 일부의 그림만으로도 인간이 만든 흔적임을 알 수 있었다.

물론 그 인간이 지구인은 아닐 테지만.

정진은 낙오되고 나서 처음으로 인공 구조물을 보게 되자 자신도 모르게 눈물이 흘러나왔다.

"흐흐흐흑! 엉엉!"

대성통곡을 하는 정진이었다.

얼마나 그렇게 감정을 쏟아냈는지 정진은 그 자리에서 깜빡 잠이 들었다.

그때, 정신을 잃은 정진의 주변에서 이상한 일이 벌어지기 시작했다.

한 치 앞도 보이지 않을 만큼 어둡던 주변이 밝아졌다.

LED램프를 환하게 켠 것보다 더 밝은 빛.

그런데 변화는 이에 그치지 않았다.

우우우웅! 우우우웅!

알 수 없는 울림마저 생겨났다.

그 진원지는 다름 아닌, 벽의 문양들이었다.

문양은 마치 정진에게 말을 거는 것처럼 음률을 띠었다.

정작 정신을 잃은 정진은 그것을 알지 못했지만.

그러자 동굴을 밝히고 있던 빛이 모여들더니 정진을 감쌌다.

팟!

그렇게 한동안 정진을 중심으로 모여들던 빛은 마치 형광등이 꺼지듯 한순간에 사라져 버렸다.

그와 동시에 정진의 몸도 함께 사라졌다.

참으로 귀신이 곡할 노릇이 아닐 수 없었다.

동굴 안은 언제 그랬냐는 듯 다시 태곳적 모습을 간직한 침묵의 공간으로 돌아갔다.

팟!

아무것도 없던 빈 침대 위로 눈부신 빛과 함께 정진이 나타났다.

어떤 물질로 이루어졌는지 알 수 없을 만큼 부드러워 보이는 침대.

우윳빛이 은은하게 흐르는 쿠션 위로 정진의 몸이 내려앉았다.

정진은 침대에서 느껴지는 온기에 너무도 편안한 표정으로 잠에 빠져들었다.

그리고…….

침대 옆으로 검은 그림자가 다가와 잠이 든 정진을 내려다보았다.

'겨우 호빗 따위가 아케인의 유산을 계승할 자란 말인가?'

검은 인영은 무언가 마음에 들지 않는다는 표정으로 한참 동안 서 있었다.

그러고는 한순간에 모습을 감추었다.

검은 인영이 사라지자 이제 방 안에는 정진의 고른 숨소리만이 흘러나왔다.

조난을 당하고 며칠을 지하 공동에서 헤매던 터라 정진은 그야말로 숙면에 빠져든 모습이었다.

현재 정진이 잠든 곳은 아주 오래전, 뉴 어스 사람들에게 아케인 아카데미라고 불린 곳이었다.

위대한 마도제국 아케인의 마지막 보루, 위대한 마도 문명을 구축해 신의 영역까지 넘보던 마도제국 아케인의 정화가 모여 있는 곳이 바로 이곳이었다.

하지만 찬란한 영광을 뒤로한 채 지금은 그 누구도 기억하지 못하고 잊혀진 곳이기도 했다.

위대한 마도 문명을 이룩했던 아케인이 무너진 것은 그야말로 한순간이었다.

아케인 제국을 떠받치던 위대한 마도사들은 호기심과 욕망 때문에 시작된 분란으로 돌이킬 수 없는 강을 건넜다.

가진바 힘이 너무도 강력했기에 그들 간의 결투는 하늘을 무너뜨리고, 땅을 뒤흔들었으며, 바다를 갈랐다.

신화에나 나올 법한 신들의 전쟁을 방불케 하는 대결이 제국에 펼쳐진 것이었다.

제국의 근간인 마법사와 마도사를 양성하는 교육기관, 아케인 아카데미도 그 소용돌이 속에서 벗어날 수는 없었다.

제국 북동쪽 변방에 위치해 있던 아케인 아카데미는 산사태가 일어나면서 흙 속에 묻히고 말았다.

그나마 다행이라면 주변에 펼쳐 두었던 마법진이 발동하여 아카데미 안에 있던 사람들은 무사할 수 있었다는 것이다.

하지만 외부와 단절된 상황은 심각했다.

전쟁의 영향인지 마나가 들끓으며 요동치는 탓에 좌표가 불안정해져 공간 이동 마법으로도 빠져나갈 수가 없게 되어 버렸다.

그렇게 완전히 격리된 아카데미의 마법사들은 비축되어 있는 물자를 아껴가며 외부에서 자신들을 구출해 줄 때까지 버티기로 결정하였다.

하루하루 근근이 버티며 구조의 손길을 기다렸지만, 끝내 제국의 구조대는 오지 않았다.

그도 그럴 것이, 제국을 지탱하던 마도사들은 저들끼리의 분쟁으로 멸종의 길을 걸어가고 있었다.

서로 상잔하며 제국이 무너진 상태에서 변방에 자리하던 아카데미까지 챙길 여력은 당연히 없었다.

그렇게 아케인 아카데미는 땅속에 파묻힌 채 사람들의 기억 속에서 잊혀져 갔다.

마도사들의 전쟁이 제국을 휩쓸고 지나간 이후, 그 여파로 마도의 기반인 마나가 불안정해졌다.

자연스레 마도는 쇠퇴하기 시작했다.

그렇게 뉴 어스를 지배하던 마도 문명이 쇠퇴하자 야만의 시대가 펼쳐졌다.

기존의 질서가 무너지고, 육체를 기반으로 하는 검과 창의 시대가 온 것이다.

야만의 시대에는 힘이 강한 자가 최고였다.

마도라는 절대적인 힘은 사라졌지만, 그 자리를 무기가 채웠다.

사회적 동물답게 사람들은 이합집산을 거듭하며 새롭게 문명을 이룩해 나갔다.

강한 힘을 가진 자를 중심으로 하나로 뭉치기 시작했으며, 그렇게 다시 문명이 꽃피고 삶이 안정되어 갔다.

그렇게 세월이 흐르고 불안정했던 마나도 점차 안정을 되찾자 오래전 멸망했던 마도 문명의 유물들이 다시금 발굴되었다.

어느덧 인간의 문명은 정점이던 아케인 제국 시절에 버금갈 정도로 높아져 갔다.

하지만 인간의 욕망은 끝이 없고, 본질은 바뀌지 않는 법.

또다시 인간의 문명에 위기가 찾아왔다.

왕국들이 난립하며 누가 최고인가란 화두가 떠오르면서 대륙 전체가 전화에 휩싸였다.

고대 마도제국의 유산인 마도 병기들이 여기저기서 등장했다.

비록 천지를 뒤흔들 만한 위력을 선보이는 마도사는 없지만, 그들이 만들어낸 마도 병기들은 결코 약하지 않았다.

게다가 전쟁 도중 인간이 손대서는 안 될 위험한 힘에 욕심을 품은 이들이 생겨났다.

결국 인류는 지난 마도제국의 과오를 반복했다.

감당하지 못할 힘에 휩쓸려 모든 왕국이 멸망하고, 인류는 멸종을 맞이한 것이다.

인간이 사라진 땅에 남은 것은 짐승과 몬스터뿐.

무엇보다 몬스터의 존재가 치명적이었다.

원래 몬스터는 각 왕국에서 금기라 할 수 있는 생체 연구를 통해 만들어진 존재였다.

안 그래도 흉포한 짐승들을 좀 더 사납고 전투적으로 만든 것이 몬스터의 시초라 할 수 있었다.

하지만 너무 공격적인 성향만 추구하다 보니 결국 통제를 할 수가 없었다.

정말 멍청한 일이 아닐 수 없었다.

그렇게 인간의 존재가 없어지자 뉴 어스에는 짐승과 몬스터가 주인이 되었다.

한참의 시간이 지난 후, 인류의 멸종을 전혀 알지 못한 아케인 아카데미의 생존자가 지상에 등장했다.

마나가 안정화되었다는 사실을 깨닫고 아카데미 밖으로 나온 것이다.

한데 말이 생존자이지, 살아 있는 사람은 아니었다.

땅속에 고립되어 있던 시간이 너무 길었다.

인간의 수명을 훌쩍 넘어갈 만큼.

하지만 마법사들에게는 마법을 발전시키고, 인류를 번영시켜야 한다는 임무가 있었다.

그랬기에 그들은 주저없이 선택을 내렸다.

비록 인간의 모습을 버리는 한이 있다 해도 삶을 유지하기로.

아카데미 밖에 생명 반응이 나타나자 확인하러 나갔던 제라드는 자연스럽게 허공에서 모습을 나타내며 돌아왔다.

[아카데미 밖에 있던 생명 반응은 뭐였어?]

제라드가 실내로 들어오자 어디선가 목소리가 들려왔다.

아니, 그것은 인간의 목소리가 아니라 그저 파장일 뿐이었다.

제라드는 자신에게 질문을 던지는 존재가 누구인지 잘 알고 있기에 전혀 놀라지 않고 질문에 답을 해주었다.

[호빗이다.]

[호빗? 호빗이 아직도 남아 있었어?]

[모르겠다. 아무튼 호빗이었다.]

제라드는 퉁명스럽게 말투로 자신이 본 것을 가감 없이 설명을 해주었다.

[그래? 참으로 모를 일이네……. 어찌 되었든 다행이다.]

[그렇다. 우리는 호빗이든 오크든 가릴 처지가 아니다.]

조금 전까지만 해도 뭔가 불만이 가득했던 모습과 다르게 제라드는 체념한 듯 말했다.

[맞는 말이야. 이제 우리에게 남은 시간은 얼마 없으니까.]

[그래. 영원할 것 같던 우리의 생명력도 시간 앞에서는 무력하구나.]

[제라드, 무슨 말을 하고 싶은 거야?]

갑자기 뒤바뀐 제라드의 말투에 젝토르는 뭔가를 느낀 듯 했다.

[설마 아직도 영혼 전이 마법에 미련이 있는 거야? 그 마

법이 어떤 결과를 가져온다는 것을 너도 잘 알잖아.]

젝토르는 염려가 담긴 음성으로 조심스럽게 말했다.

제라드도 충분히 이해한다는 태도로 수긍했다.

[아니다, 젝토르. 나는 그저 아쉬울 뿐이다. 그리고 호빗이 우리의 유산을 제대로 계승할 수 있을지, 한발 더 나아가 우리의 소망을 이뤄줄 수 있을지 그것이 걱정될 뿐이다.]

그게 진정한 제라드의 본심이었다.

오랜 기간 함께해 온 젝토르.

그가 무엇을 걱정하고 있는지 알기에 제라드는 차분하게 이야기를 이어 나갔다.

[너도 느꼈겠지만 이미 인과의 법칙이 흐르기 시작했다. 리치가 된 너라도 법칙을 거스를 수는 없다.]

[알아, 알고 있다고. 그렇지만 미련을 가지고 있기에 리치이면서도 아직까지 영혼을 더럽히지 않을 수 있었다는 것을 너 또한 잘 알잖아.]

[그래. 그건 마도를 완성하고도 미처 깨닫지 못했던 사실이지. 설마 리치가 되고도 영혼을 지킬 수 있는 방법이 있다고 누가 생각했겠는가. 어느 누구도 생각하지 못한 일이었다.]

젝토르는 제라드의 말을 인정할 수밖에 없었다.

마도의 완성을 보지 못하고 수명이 다한 제라드는 젝토르와는 다른 선택을 했다.

소울 스톤에 영혼을 봉인한 젝토르.

하지만 제라드는 그렇게 할 수가 없었다.

젝토르에 비해 깨달음이 부족한 탓이었다.

그랬기에 그가 선택할 수 있는 방법은 오직 하나밖에 없었다.

금단의 마법인 리치화.

소울 스톤에 영혼을 봉인하는 것이나 리치가 되어 라이프베슬에 영혼을 봉인하는 것이나 별반 다를 것은 없었다.

하지만 순수한 깨달음과 마나와 영혼력을 이용하는 앱솔루트 소울러와 다르게, 리치는 본신의 마나를 마계의 마나인 마기로 바꿔 영혼을 봉인하는 방법이다.

그렇기 때문에 리치가 되면 필연적으로 영혼이 마기에 오염된다.

그래서 흑마법에 손을 댄 마법사나 마도사들이 결국에는 영혼이 타락해 인간으로서는 상상도 하지 못할 만큼 극악한 짓을 거리낌 없이 저지르는 것이다.

그런데 제라드는 리치, 그중에서도 궁극에 근접한 리치가 되었으면서도 영혼이 오염되지 않고 온전한 정신을 유지하고 있었다.

그리고 그 이유가 마기의 유혹을 넘어선 집념이란 것에 젝토르는 신선한 충격을 느끼고 있었다.

"으음……."

작은 신음과 함께 자리에서 일어난 정진은 기지개를 켜다 말고 주변을 살폈다.

"어? 여기는 어디지?"

정진은 지금 자신이 처한 상황이 이해가 가지 않았다.

가만히 상황을 정리해 보기 위해 기억을 되짚어보았다.

정신을 잃기 전에 마지막으로 본 것은…….

문양이 새겨진 벽이었다.

그 때문에 긴장이 풀려 대성통곡을 하다 정신을 잃었다.

그런데 지금 자신은 동굴 속에 있지 않았다.

마치 인간이 사용한 듯 보이는 방.

푹신하지는 않지만, 자신이 있는 곳은 분명 침대 위였다.

더욱 신기한 것은 분명 돌로 만들어진 것 같은데, 손을 대보니 온기가 전해져 왔다.

마치 지구의 온열 기기가 설치된 최고급 돌침대인 것

처럼.

그래서인지 몸에 활력이 느껴졌다.

그렇게 정진이 고민에 빠져 있을 때, 검은 그림자가 다가왔다.

다름 아닌 제라드였다.

제라드는 깨어난 정진을 향해 말을 건넸다.

"헉! 누구십니까?"

정진은 생각에 잠겨 있다 갑자기 옆에서 들리는 소리를 들었다.

귀로 들리는 것이 아니라 마치 머릿속에서 울리는 것 같은 소리였다.

하지만 무슨 의미가 담긴 말인지는 알 수 없었다.

지구와 뉴 어스의 언어가 다르기에 의사소통이 이루어지지 않은 것이다.

제라드는 잠시 말없이 내려다보다 곧 손을 들어 정진의 머리 위에 올렸다.

정진은 처음 보는 이가 갑자기 손을 뻗어오자 깜짝 놀랐다.

하지만 무슨 이유에서인지 정진은 몸을 움직일 수 없었다.

마치 먹이사슬의 밑에 있는 피식자가 상위의 포식자를 만났을 때 꼼짝 못하는 것처럼 정진의 몸은 알 수 없는 기운에 억압된 듯 굳어 있었다.

곧 머리 위에 올려진 손에서 차가움이, 아니, 차갑다기보다는 뭔가 섬뜩한 서늘함이 느껴졌다.

[들리나, 호빗?]

'헉! 뭐지?'

정진은 조금 전에는 알아들을 수 없던 소리가 지금은 또렷한 한국어로 들려오자 깜짝 놀랐다.

"누구십니까?"

그랬기에 정진은 자신도 모르게 되물었다.

[난 제라드라고 한다. 그러는 넌 누구인가?]

제라드는 의사소통이 제대로 가능해진 것을 확인하고는 다시 물었다.

"전 정정진이라고 합니다. 지구인이고, 이곳 뉴 어스에는 의뢰를 받아 왔다가 조난을 당했습니다."

약간의 두려움이 들었지만, 정진은 호랑이에게 물려가도 정신만 차리면 살 수 있다는 말을 떠올리며 막연히 위축되는 마음을 추슬렀다.

그러고는 차분히 자신을 소개하고 상대의 반응을 살폈다.

[지구인? 그럼 세상은 지구란 호빗의 나라가 지배를 하는 것인가?]

제라드는 고개를 갸웃거리며 질문했다.

지금 제라드가 가지고 있는 정보는 많지 않았다.

오래전 아케인 제국이 마도사들이 벌인 전쟁의 여파로 사라지고, 그 후에 또 다른 문명이 나타난 것까지는 알았다.

하지만 그다음 일은 전혀 알지 못했다.

아무리 9클래스의 리치라지만 무한정 활동할 수는 없었기에 어쩔 수 없는 일이었다.

아케인 아카데미에 고립된 마법사들은 밖으로 빠져나가는 길이 막히자 선택을 내려야 했다.

9클래스 마스터, 즉 마도사나 위저드의 경지에 오른 자들은 부작용이 없는 소울 스톤을 이용해 앱솔루트 소울러가 되었다.

하지만 경지에 오르지 못하고 수명이 다한 마법사는 어쩔 수 없이 영혼을 라이프 베슬에 저장하고 리치가 되었다.

그렇게 리치가 된 제라드는 마나가 안정화되자 앱솔루트 소울러가 된 이들을 대신해 간간이 지상의 정보를 살폈다.

마도 유산을 계승할 수 있을 만한 인연자를 찾기 위한 방편이었다.

하지만 지상의 인간들 중에서는 위대한 아케인의 마도를 계승할 만한 인연자가 나타나지 않았다.

그렇게 오랜 시간을 기다리던 때, 지상에 변화가 발생했다.

아케인 제국이 무너지던 그때처럼 대기의 마나가 불안정하게 흔들린 것이다.

시간이 흘러 제라드가 지상에 나와 상황을 살폈을 때는 인간의 모습이 사라져 있었다.

그렇게 또다시 오랜 세월이 흘러갔다.

아케인의 마지막 유산을 간직한 아카데미에서 하염없이 계승자를 기다리던 제라드와 젝토르.

오랜 기다림의 끝에서 마침내 그들에게 찾아온 존재가 바로 정진이었다.

하지만 정진은 뭔가 달랐다.

전체적인 모습은 아케인의 인종과 비슷하지만, 키도 작고 유전적인 성질도 달랐다.

그것 때문에 두 사람은 많은 고민을 하였다.

오랜 시간을 기다린 끝에 나타난 인연자가 자신들의 정수를 계승할 수 있을지 의문이 든 것이다.

하지만 결론은 어차피 정해져 있었다.

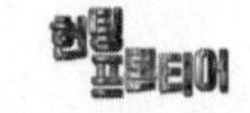

앱솔루트 소울러인 젝토르와 리치인 제라드는 너무도 오랜 기다림에 지쳤다.

아무리 절대의 경지에 올라 데미 갓의 경지에 들었다지만, 원래 태생이 인간이기에 세월의 무게를 감당하는 데 한계를 느낀 것이다.

이는 앱솔루트 소울러인 젝토르보다 리치인 제라드가 더 심각했다.

만약 세월의 무게를 이기지 못하고 정신을 놓게 된다면 자신에게 어떤 일이 발생할지 잘 알고 있는 제라드였다.

그래서 기준에 미달하는 정진이지만, 어쩔 수 없이 마도제국의 유지를 계승하게 만들어야 한다는 결론에 도달하였다.

"저… 그런데 저를 호빗이라 부르시는데, 전 호빗이 아니라 인간입니다."

저간의 사정도 모른 채 정진은 호빗이라 불리는 것에 인상을 쓰며 그의 말을 정정해 주었다.

하지만 제라드는 고개를 갸웃거릴 뿐이었다.

[인간? 어떻게 호빗이 인간이 될 수 있지? 인간과 호빗은 다르다.]

너무도 단호한 제라드의 태도에 정진은 순간 긴장했다.

대화를 나누다 보니 긴장감이 한결 덜어지기는 했지만, 처음 제라드가 소리 없이 등장하고 손을 머리에 올렸을 때 느낀 섬뜩함은 아직도 생생했다.

뿐만 아니라 머릿속을 울리는 제라드의 말속에서 은은하게 분노의 감정이 느껴져 정진은 일순간 두려움을 느꼈다.

무엇 때문에 화를 내는지는 알 수 없지만, 자신의 말 때문인 것은 확실했다.

그러다 보니 말 한 마디, 한 마디가 조심스러워졌다.

"저는 이곳 뉴 어스의 호빗이 아니라 지구에서 게이트를 통해 넘어온 인간입니다."

정진은 눈앞에 있는 존재의 기분을 상하지 않게 조심하며 호빗과 지구인의 차이를 설명하였다.

"저희 인류가 이곳 뉴 어스에 진출한 것은 30여 년 전 지구에 발생한 게이트 때문입니다. 당시……."

정진은 조심스럽게 설명을 이어 나갔다.

게이트가 열리면서 몬스터가 지구로 쳐들어온 사건과 이후 인류가 게이트를 통해 뉴 어스에 진입하게 된 경위, 그리고 게이트에 개척 도시를 건설하고 몬스터를 사냥해 그것을 자원으로 활용하고 있다는 사실까지.

지난 역사에 대해 중요한 점만 짚어 들려주었다.

제라드는 한동안 아무런 말도 하지 않았다.

하지만 내심으로는 깜짝 놀란 상태였다.

그도 그럴 것이, 이야기를 듣다 보니 지구란 것이 호빗들의 나라를 가리키는 게 아님을 알 수 있었기 때문이다.

디멘션 게이트 너머의 세계.

제라드가 가장 놀란 것은 디멘션 게이트에 관한 부분이었다.

위대한 마도를 이룩한 아케인 제국조차도 차원을 넘나드는 디멘션 게이트를 완성하지는 못했다.

물론 차원에 관한 연구가 없던 것은 아니다.

마도를 완성하고 격이 높아진 마도사들은 우주의 법칙을 이해하면서 자신들이 살고 있는 세상 말고도 많은 차원이 있다는 것을 알게 되었다.

그리고 모든 이론과 법칙을 동원해 차원 간의 이동에 대한 연구를 계속했지만, 어느 누구도 완벽한 해답을 도출해 내지는 못했다.

다만, 아케인과 연결된 또 다른 차원이 있다는 사실은 증명하였다.

그리고… 마도제국 아케인의 비극은 그때부터 시작되

었다.

위대한 발자취를 남긴 마도사들은 자신들이 밝혀내지 못한 차원의 법칙에 또 다른 의미를 두었다.

만약 차원에 대한 비밀을 알게 된다면, 인간의 한계를 벗어나 초월자, 즉 신이 된다고 믿은 것이다.

그렇게 단정 지은 마도사들은 신이 되기 위해 엄청난 자원을 투자해 연구를 하기 시작했다.

당연하게도 자원은 한정되어 있고, 원하는 마도사들은 많았다.

마도사들 간의 전쟁이 벌어지는 건 피할 수 없는 결과.

위대한 마도사들 간의 전쟁은 단시간에 끝나지 않았다.

신이 되기 위해 모아놓은 자원까지 쏟아부으며 전쟁을 벌이다 보니 어느 한쪽도 쉽게 무너지지 않았다.

지루한 대치가 이어질 무렵, 일부 마도사들은 눈을 돌렸다.

굳이 뉴 어스에 있는 자원만을 이용할 이유가 없는 것이다.

신의 존재를 확인했기에 또 다른 존재도 인정할 수 있었다.

그것은 바로 악마!

신이 있다면 악마도 분명 존재하리라.

마도사들은 마계의 존재를 믿고 그곳에 있을 자원을 욕심냈다.

그 순간부터 전쟁의 양상이 달라졌다.

자원을 확보하기 위해 시작된 전쟁이 엉뚱한 방향으로 흘러간 것이다.

신계와 천계, 마계 등 많은 차원을 발견하고, 그곳의 자원을 확보하기 위해 아케인 세계와 연결을 시도했다.

그리고 그것은 마도사들의 치명적인 실수였다.

아케인의 마도사들이 아무리 위대한 마도를 이룩했다지만, 그것은 인간 범위 내에서의 업적일 뿐이었다.

신의 성력과 천족의 권능은 마도사들의 마법을 아득히 뛰어넘었고, 마족들의 마력은 마도사들의 마법을 무력화시켰다.

자원 침탈을 목적으로 연결한 게이트였지만, 오히려 아케인의 마도사들이 처참하게 유린당했다.

다만, 사는 세계가 다르기에 천계의 천족이나 마계의 마족들은 아케인에 오랫동안 머물 수가 없었다.

그들의 몸을 구성하는 인자가 아케인에는 너무도 부족한 탓이었다.

천족과 마족은 육체가 고정되어 있는 것이 아니라 압도적인 정신력으로 에너지를 뭉쳐 육체를 구성한다.

하지만 에너지가 부족해지자 육체를 유지하지 못하고 자신들의 세계로 돌아간 것이다.

당시 마도사들 중 일부가 천족이나 마족들이 육체를 가지고 활동할 수 있는 비밀을 알아내 마도를 새롭게 발전시키기도 했지만, 그렇다 해도 힘의 차이가 너무도 극명했다.

이미 한 번 천족과 마족에게 낭패를 본 마도사들은 그들의 돌아간 틈을 타 게이트를 아예 무너뜨려 버렸다.

게이트가 불안정한 탓에 다행스럽게도 붕괴는 손쉬웠다.

이 사건을 계기로 아케인의 마도사들은 디멘션 게이트 마법진을 지워 버렸다.

자칫 잘못하다가는 아케인이 오히려 타 차원에 먹힐 수 있다는 생각에 금지 마법이라 규정하고 존재 자체를 지운 것이다.

하지만 인간의 욕심은 끝이 없는 법.

욕심을 내려놓지 못한 몇몇 마도사로 인해 디멘션 게이트 마법은 후대로 은밀히 전해지게 되었다.

그러한 사정을 모르고 있던 제라드는 이미 사라졌을 디멘션 게이트가 다시 출현했다는 말에 충격을 받았다.

하지만 그도 잠시.

곧 충격에서 벗어난 제라드는 정진을 향해 고마움을 표했다.

[놀라운 사실을 알려줘 고맙다.]

"아닙니다."

[사실 내가 너를 찾은 것은 한 가지 제안을 하기 위해서다.]

"제안이요? 어떤……."

정진은 갑작스런 제의에 고개를 갸웃거렸다.

현재 자신이 제라드에게 해줄 수 있는 것은 아무것도 없었다.

'내가 뭐 해줄 게 있다고 제안을 한다는 것이지?'

정진의 어리둥절해하고 있을 때, 제라드의 말이 이어졌다.

[네가 알고 있는지는 모르겠지만, 이곳은 얼마 지나지 않아 소멸할 것이다.]

"네? 소멸한다니, 그게 무슨 소립니까?"

[말 그대로다. 이곳은 지하 3,500큐빗. 그러니까 너희의 기준으로 1,575미터 지하에 있는 공간을 비틀어 만든

아공간이다. 하지만 이 아공간을 유지하는 힘이 조만간 사라지게 된다.]

"그럼 저는 어떻게 되는 것입니까?"

정진은 불길한 예감이 들어 표정을 굳히며 물었다.

아니나 다를까, 불길한 예감은 딱 들어맞았다.

[이 안에 있던 모든 것들은 원자 단위로 새로 결합하여 다른 무언가가 될 것이다.]

제라드의 너무도 담담한 말투에 정진은 할 말을 잃었다.

"저를 내보내 주십시오."

하지만 멍하니 있을 때가 아니었다.

지금 가장 중요한 것은 한시바삐 이곳을 탈출하는 것이었다.

당황하는 정진의 모습에 제라드가 차분히 말을 이었다.

[그래서 제안을 하겠다는 것이다.]

"그게 무엇입니까?"

[우리의 마법을 네가 계승했으면 한다.]

"네? 뭐라고요?"

순간, 정진은 자신의 귀를 의심했다.

이게 무슨 얼토당토않은 말인가.

자신들의 마법을 계승하라니…….

자신은 지구에서 살아온 사람이다.

그런데 갑자기 마법이라니.

자신이 과연 익힐 수 있을지 자신이 없었다.

아니, 설령 익힐 수 있다고 해도 조만간 붕괴할 이곳에서 어느 세월에 마법을 배운단 말인가.

정진은 제라드가 제정신이 아니라 생각했다.

하지만 일말의 희망을 가지며 묻지 않을 수 없었다.

“마법이 누구나 쉽게 배울 수 있는 것입니까?”

[아니, 절대 그렇지 않다. 마법은 위대한 학문! 세상의 비밀을 알아내 새로운 법칙을 만드는 힘이다.]

“조만간 이곳이 사라질 것이라 했는데, 그럼 모두 소용이 없는 것 아닙니까?”

정진은 제라드의 말에 자신도 모르게 발끈하며 따지듯 물었다.

당연히 그런 말이 나올 거라 예상한 제라드는 차분히 말을 하였다.

[그건 걱정하지 마라. 위대한 마도제국 아케인의 마도사들은 후학를 위해 훌륭한 마법 교육 시스템을 만들었다. 그리고 그중 앱솔루트 소울러, 젝토르의 것은 가히 최고라 말할 수 있다.]

마치 이미 모든 것을 준비해 두었다는 듯 단호하고 흔들림 없는 말투였다.

정진은 할 말을 잃었다.

자신이 어떤 말을 해도 소용이 없음을 깨달았기 때문이다.

제라드가 이미 자신에게 마법을 가르치는 것을 기정사실화했다.

"알겠습니다. 그러면 제가 그 마법이란 것을 모두 익히면 이곳이 무너지기 전에 빠져나가게 해줘야 합니다."

선택의 여지가 없다는 것을 깨달은 정진은 더 길게 토를 달지 않고 제라드의 제안을 받아들였다.

어떤 수를 써서든 무사히 이곳을 탈출해 돌아가는 것이 최우선이었기에.

[그것 또한 걱정하지 마라. 아마 마법을 익히고 난다면 네 힘으로 이곳을 빠져나갈 수 있을 것이다.]

제라드의 말은 진심이었다.

정진이 마법을 익히는 데 성공한다면, 자신의 도움 없이도 무난하게 이곳을 탈출할 수 있었다.

그 순간, 정진은 자신도 모르게 입가에 미소를 지었다.

그 말이 사실이라면 둘도 없는 기회가 찾아온 것이기 때문이다.

정진은 무슨 수를 써서라도 마법이란 것을 모두 익히겠다고 다짐했다.

Chapter 3

마법을 배우다

제라드를 정진을 데리고 젝토르에게로 향했다.

이유는 단순했다.

마법에 대해 아무것도 모르는 정진을 가르치기 위해서는 자신보단 젝토르가 훨씬 낫기 때문이었다.

원래 마법을 가르치는 것에 뛰어난데다 마도의 완성을 본 앱솔루트 소울러인 젝토르가 있는데 자신이 나설 필요가 어디 있겠는가.

“지금 어디로 가는 것이죠?”

젝토르의 존재에 대해 전혀 모르는 정진으로서는 당연한 질문이었다.

아무런 말도 없이 자신을 끌고 가는데, 어찌 궁금하지 않겠는가.

[그냥 조용히 따라와라.]

하지만 일일이 대꾸하기도 귀찮은 듯 제라드는 퉁명스럽게 쏘아붙이고는 계속해서 걸음을 옮겼다.

'휴, 정말 딱딱한 인간이군.'

속으로 투덜거리며 제라드의 뒤를 따라 걷던 정진은 문득 이상한 생각이 들었다.

두 사람이 걸어가고 있는데 자신의 발자국 소리밖에 들리지 않는다는 사실을 깨달은 것이다.

그 순간, 정진은 왠지 소름이 끼쳤다.

다음 순간, 저도 모르게 자신의 앞에서 걸어가는 제라드의 발밑을 보았다.

'어?'

정진은 깜짝 놀랐다.

무엇 때문에 발걸음 소리가 하나밖에 들리지 않은 것인지, 그 이유를 알 수 있었기 때문이다.

원인은 단순했다.

제라드가 걷지 않고 있기 때문이다.

제라드는 바닥에서 살짝 떠 날아가고 있었다.

마치 빙판 위에서 미끄럼을 타듯이.

정진은 잠시 걸음을 멈추고 그런 제라드의 모습을 지켜보았다.

[무슨 일인가? 왜 따라오지 않는 것이지?]

"지, 지금 날아가는 것인가요?"

[그게 뭐 어떻다는 것이지?]

제라드는 정진의 질문에 의아한 표정을 지으며 말했다.

"아, 아뇨. 뭐, 그냥……."

너무도 당연하다는 제라드의 태도에 머쓱해진 정진은 대충 얼버무렸다.

그러면서 자신도 마법을 익히면 저렇게 할 수 있을지 호기심이 생겼다.

"그런데 제라드, 그것도 마법인가요? 나도 마법을 익히면 제라드처럼 날아다닐 수 있나요?"

[물론이다. 너도 마법을 익히게 된다면 할 수 있는 것이다.]

제라드는 당연하다는 듯 차분한 목소리로 대답했다.

다만, 마나의 세부적인 컨트롤에 관해서는 말하지 않았다.

정밀한 마나 컨트롤을 하지 못한다면 지금 자신처럼 플라이 마법을 자유자재로 사용할 수는 없었다.

사실 마법이란 학문은 결코 쉽지 않았다.

그럼에도 제라드가 별로 명석해 보이지도 않는 정진에게 배움을 강요하는 데는 나름 이유가 있었다.

자신이나 젝토르는 마도제국의 사명을 이어받을 인연자를 오랫동안 기다려 왔다.

그래서 눈앞에 나타난 호빗에게 그 사명을 넘기고 영원한 안식을 찾으려는 것이었다.

눈앞의 이가 호빗인지, 아니면 정말로 다른 세계의 인간인지는 알 수 없지만, 지금에 와서 그리 상관하고 싶지도 않았다.

제라드가 미치거나 젝토르마저 영면에 들어가기 전에 아케인의 유산을 정진에게 넘기는 것이 무엇보다 중요했다.

젝토르는 제라드가 돌아오자 궁금증을 참지 못해 물었다.

[그를 데려왔어?]

위대한 대마도사의 지위에 오를 만큼 정신력이 강한 젝토르였다.

하지만 그도 오랜 기다림에 지친 탓인지 묻는 음성에 약간의 조급함이 묻어 나왔다.

리치인 제라드가 이미 오래전부터 인간으로서의 감정을 버린 것과는 대조적이라 할 수 있었다.

사실 리치라 해서 감정이 없는 것은 아니었다.

아니, 사실 리치는 욕망을 위해 선택한 결과물이기 때문에 더욱 감정적인 요소가 강했다.

하지만 제라드는 온전한 정신을 지키기 위해 과감하게 인간의 감정을 포기했다.

만약 그러지 않았다면, 여느 리치들처럼 이성을 잃고 광기에 물든 괴물이 되었을 것이다.

마도의 위대한 유산을 후대에 전달하겠다는 확고한 목적이 없었다면 절대로 하지 않을 선택이었다.

어쨌든 이제는 그 길고도 긴 기다림에 마침표를 찍을 순간이 왔다.

정진에게 진전을 모두 넘기면 제라드와 젝토르 역시 미련 없이 영면에 들 것이다.

[뒤에 있으니 봐라.]

제라드가 정진을 가리키자 젝토르의 시선이 그리로 향했다.

그 순간, 정진은 경악으로 눈을 치켜뜨고 있었다.

눈앞에 펼쳐진 경이.

스스로 빛을 밝히고 있는 커다란 수정 기둥의 존재는 그야말로 경이로웠다.

주변에 늘어서 있는 많은 수정 기둥과 달리 중앙의 그것은 찬란하게 빛을 뿜어내고 있었다.

그 모습이 너무도 황홀하여 정진은 마치 영혼이 빨려 들어가는 듯한 기분을 느꼈다.

"와… 제라드, 저 수정 기둥도 마법인가요? 어떻게 수정 기둥이 혼자 빛을 발하는 것이지요?"

정진은 몽환적인 오색 빛깔에 넋을 잃고 물었다.

하지만 그에 대한 대답은 제라드가 아닌 젝토르에게서 흘러나왔다.

[내가 그렇게 신기해?]

"헉! 말을 한다, 말을 해! 제라드, 당신도 들었죠?"

정진은 갑자기 자신의 머리를 울리는 소리에 너무도 놀라 제라드를 돌아보았다.

그 모습이 너무도 한심해 보여 제라드는 절로 터져 나오려는 한숨을 삼키며 말했다.

[그는 젝토르라고 한다. 그리고 네가 배워야 할 마도를 완성한, 위대한 존재이다.]

"아!"

[호빗, 반갑다. 이 세계에서 호빗은 완전히 사라진 줄 알았는데, 그게 아니었나 보네?]

아케인 아카데미가 땅속으로 함몰된 이후, 젝토르는 세상 밖으로 나간 적이 없었다.

아케인 제국이 이룩한 마도를 후대에 전한다는 목적으로 수정 기둥에 영혼을 봉인함으로써 이동의 자유를 상실했기 때문이다.

그런 젝토르를 대신해 지상을 왕래한 것은 제라드였다.

마도를 연구하는 데 필요한 재료들을 모으기 위해서는 지상으로 나와야 했기에.

제라드는 그 과정에서 알게 된 세계의 정세에 대해 앱솔루트 소울러들에게 들려주었다.

천족과 마족의 등장, 그리고 이어진 아케인 제국의 몰락.

젝토르를 비롯한 앱솔루트 소울러들이 절망을 느꼈다.

아울러 마도제국 유산의 존속을 위해 더욱 사명감을 불태웠다.

그렇게 다시 오랜 시간이 흘렀다.

제라드가 다시 아카데미 밖으로 나왔을 때, 세상이 또 한 번 변해 있었다.

찬란한 문명을 이룩했던 휴먼이나 유사 인류들이 사라진

것이다.

그리고 그 자리를 많은 종류의 몬스터들이 차지하고 있었다.

지성이 있는 존재가 사라지고, 본능에 따라 움직이는 괴물들만이 세상을 활보했다.

무엇 때문에 그런 일이 벌어졌을지… 제라드나 앱솔루트 소울러들은 보지 않아도 짐작할 수 있었다.

그것은 자신들도 한 번 경험한 적 있는 일이었기에.

그 직후, 아케인 아카데미에 남아 있던 앱솔루트 소울러들 사이에 회의론이 떠돌았다.

지성체가 사라진 세상에 무엇을 바라고 후예를 기다려야 하느냐는 것이었다.

나름 옳은 의견이었지만, 이어진 결과는 참혹했다.

일부 앱솔루트 소울러들이 영혼 붕괴 마법을 이용해 자살을 한 것이다.

미래가 보이지 않는 암담한 현실과 주어진 사명을 완수하지 못할 거라는 좌절감이 지고의 지성이라 불리는 그들마저 타락시킨 것이었다.

그리고 최후의 앱솔루트 소울러인 젝토르도 한계에 이르러 있었다.

그 역시도 정진이라는 존재가 나타나지 않았다면, 머지않은 미래에 영혼 붕괴 마법을 이용해 자살을 했을 것이다.

뭐, 어차피 영혼을 봉인한 수정 기둥도 수명이 다 되어 파괴될 시기가 가까워졌긴 하지만 말이다.

“반갑습니다. 전 정정진이라고 합니다. 그런데 정말로 수정 기둥 안에 있는 것이 맞나요?”

정진은 자신을 소개하며 조심스레 물었다.

제라드가 아닌, 정말 오랜만에 보는 지성체의 모습에 젝토르는 웃으며 대답을 하였다.

[하하, 참으로 호기심이 많은 호빗이네. 그래, 난 한때 마도사였지만 육체의 한계를 벗어나기 위해 영혼을 소울 스톤에 봉인했지. 이제는 이 소울 스톤이 내 영혼의 그릇이며, 육체야.]

판타지 소설에서나 나올 법한 이야기를 들은 정진은 놀람을 감출 수가 없었다.

“답답하지는 않나요?”

젝토르는 물론이고, 제라드도 정진이 참으로 호기심이 많은 존재라 생각하게 되었다.

그러면서 한편으로는 자신들의 염원을 이뤄줄 존재로서 마법사의 기본인 호기심을 가지고 있는 것에 적잖이 고무되었다.

'다행이군.'

제라드는 속으로 생각했다.

사실 마법사, 그리고 그 이상의 단계라 할 수 있는 마도사가 되기 위해서 가장 중요한 것은 능동적인 사고였고, 그것의 가장 기본이 되는 것은 바로 호기심이었다.

만물에 대한 호기심.

그것이 마법사가 되는 가장 기본 조건이었다.

호기심이 없는 존재는 다른 그 어떤 것에도 관심을 보이지 않게 된다.

그에 반해 호기심이 많은 존재는 어떤 사물을 보든 관심을 보이고 연구를 하게 된다.

마법사의 출발은 그렇게 사물에 대한 호기심을 느끼고, 그것에 대한 법칙을 밝혀내는 것에 있었다.

세상의 모든 만물에 깃든 마나의 존재를 발견하고, 마나의 작용을 연구한 학문이 바로 마법이고, 마도인 것이다.

오랜 시간이 흐르고 최후의 선택을 결정하려는 순간에 이곳을 찾은 존재가 마법사가 되는 데 중요한 한 가지를 가지고 있는 존재라는 것에 젝토르와 제라드는 감사했다.

인류가 사라지고 유사 인종도 모두 멸종했을 것이라 판단했는데, 자신들이 알지 못하는 사이 또 다른 지성체가 지상을 활보하고 있었다.

하지만 문제가 있었다.

딱 보기에도 무척이나 약한 존재였다.

정진의 몸을 스캔해 본 결과, 마법을 익힌 흔적은 전혀 없었다.

그리고 이야기를 나누다 보니 알게 된 사실.

정진은 자신들이 생각하던 호빗이 아니라, 또 다른 차원의 인간이었다.

그곳의 인간들은 마법이 아닌 과학이란 학문을 통해 문명을 발전시켰다고 했다.

과학이라는 것은 마법과는 정반대에 있는 학문이었다.

다만, 제라드나 젝토르는 그 속에서도 마도와 과학의 공통점을 발견했다.

마도나 과학이 추구하는 궁극이 너무도 유사하다는 것이다.

인간을 위협하는 존재를 보다 쉽게 제압하기 위해 시작된 연구는 이후 인류의 편의를 위해 발전되었다.

마법이나 마도 또한 다를 게 없었다.

마법과 마도가 발전한 계기 역시 전쟁이었다.

전쟁을 통해 보다 효율적인 마법이 개발되고 개량이 이루어졌다.

전쟁이 끝난 뒤에는 인류의 편의를 위해 다시 발전을 해 나갔고.

[우리의 삶은 이제 얼마 남지 않았다.]

젝토르는 덤덤한 어투로 정진에게 말했다.

난데없는 선언에 정진은 깜짝 놀랐으나 젝토르는 자신의 말을 끝까지 이어 나갔다.

[제라드와 나, 그리고 많은 동료들이 주어진 의무를 수행하기 위해 이런 모습을 하게 되었다.]

젝토르가 들려주는 이야기를 들으며 정진은 가슴을 울리는 무언가를 느꼈다.

오랜 기다림의 시간을 묵묵히 견뎌온 두 사람의 의지가 전해져 온 탓이었다.

[오늘부터 넌 나와 함께 마법을 수련할 것이다.]

은은한 빛이 자리한 방에서 제라드가 정진을 마주 보며 말했다.

마법이란 신비한 학문을 배운다는 사실에 정진은 저도 모르게 흥분이 들었다.

그에 제라드는 차갑게 가라앉은 목소리로 주의를 주었다.

[마법사는 어떤 순간에도 평정심을 유지해야 한다. 그래야 마법이 실패하는 일이 없다.]

그제야 정진이 정신을 차리는 듯하자 제라드는 계속해서 말을 이어 나갔다.

[우선 마법의 기초에 대해 학습한 후에 마나를 느끼고 모으는 방법을 배울 것이다. 그다음에는 젝토르에게 마법 이론을 배우고, 다시 내게로 와서 실습에 나설 것이다.]

"알겠습니다. 그런데 혹시 이곳에 제가 먹을 식량이 있을까요? 제가 가진 것으로는 아무리 아껴 먹는다고 해도 보름을 넘기지 못할 것 같아서다."

정진은 앞서 이야기를 나누면서 두 사람이 인간이 아니란 것을 알게 되었다.

무엇보다 제라드가 마치 유령과도 같은 존재라는 말을 들었을 때는 소름이 돋기도 했다.

하지만 이내 마음을 추스를 수 있었다.

애당초 자신을 죽일 것이었다면 굳이 장황하게 설명을 늘어놓을 필요가 없었으니까.

게다가 아무것도 가진 게 없는 자신을 속일 필요가 어디 있겠는가.

오히려 자신에게 마법을 가르쳐 준다는 것은 과분한 배려라 할 수 있었다.

감사한 마음에 열의를 갖고 마법을 배워 나가겠다고 결심을 할 때, 문득 생각지도 못한 문제가 있음을 떠올렸다.

제라드의 이야기를 들어보니 마법을 익힌다는 것은 결코 짧은 시간 안에 이루어질 수 있는 일이 아니었다.

거기까지 생각이 미치자 식량에 대한 우려가 들었다.

살아 있는 존재가 아닌 젝토르나 제라드는 음식을 먹지 않아도 상관없겠지만, 자신은 그렇지 못하기 때문이다.

하지만 제라드는 전혀 고려할 가치도 없다는 듯했다.

[그건 걱정하지 마라. 어차피 젝토르나 나는 네가 우리의 마법을 모두 다 배울 수 있을 것이라고는 생각지 않는다. 그것은 네가 살아가는 평생 동안 노력을 해야 할 일이다. 단지 우리는 네가 이곳을 벗어날 수 있을 정도의 힘을 가질 때까지만 가르칠 생각이다.]

정진은 황당했다.

자신의 고민에 대한 답이 전혀 되어주지 않는 말이었기에.

그래서 다시 한 번 물었다.

"하지만… 제가 가진 식량은 보름이면 다 떨어집니다."

하지만 제라드는 전혀 흔들림이 없었다.

[걱정하지 마라. 나는 네게 몬스터를 상대하는 방법을 가르쳐 줄 것이다. 그러니 지상으로 나가 식량을 구하면 될 것이다.]

아무 걱정 말라는 듯 자신감이 가득 찬 제라드의 선언.

왠지 이 순간에 태클을 걸면 안 될 것 같다는 기백이 느껴졌다.

“아, 네……. 아무 문제 없겠네요.”

정진은 속으로 한숨을 내쉬며 체념한 듯 수긍했다.

제라드는 자신에게 너무 과한 기대를 하고 있는 게 아닐까?

믿어주는 것은 좋은데, 과연 자신이 잘해낼 수 있을지 정진은 문득 걱정이 되었다.

물론 제라드나 젝토르가 자신에게 해가 될 존재가 아니라는 것은 알 수 있었다.

하지만 자신은 어디까지나 평범한 인간에 불과했다.

앞으로 고난의 길이 펼쳐질 게 눈에 선했다.

[그럼 지금부터 수업에 들어가겠다. 가장 먼저 해야 할 일은 세상에 퍼져 있는 마나를 느끼는 것. 자, 내 손을 잡아라.]

여전히 마이페이스를 유지한 채 제라드가 손을 내밀었다.

정진은 잠시 가만히 바라보다가 조심스럽게 잡았다.

그러자 갑자기 주변이 검게 어두워지더니, 풍경이 바뀌었다.

이곳은 절대 지하가 아니었다.

신선한 공기라든지, 피부를 쓰다듬고 지나가는 바람의 느낌이 전혀 다르게 느껴졌다.

"여긴 땅 위인가요?"

[그렇다. 마나를 느끼는 데는 땅속보단 생명이 살아 숨쉬는 지상이 더 좋다. 그래서 널 이곳에 데려온 것이다.]

그러나 정진에게는 제라드의 말이 귀에 들어오지 않았다.

지하에서 헤매고 있을 때는 오로지 지상으로 나가야 한다는 한 가닥 희망만을 가지고 걸었다.

그럼에도 확신은 없었다.

하지만 이렇게 한순간에 지상으로 나오게 되다니, 영 실감이 되지 않았다.

싱그러운 풀 내음과 피부를 간질이는 바람.

어쩌면 영영 느끼지 못했을 이 감각이 너무나도 기뻤다.

감격에 젖어 있는 정진의 상태를 느꼈는지 제라드는 한동안 아무런 말을 하지 않고 가만히 지켜보고만 있었다.

그런데 잠시 후, 제라드는 깜짝 놀라지 않을 수 없었다.

분명 마법과는 전혀 인연이 없을 터인 정진의 주변으로 조금씩 마나가 움직이고 있었기 때문이다.

마나는 정진의 심장뿐만 아니라 배꼽 아래 하복부와 머리 쪽으로도 흘러 들어갔다.

그것은 제라드로서도 처음 접하는 경이였다.

마도의 정점에 오른 위대한 선각자들에게나 가능한 일을 생 초보나 다름없는 정진에게서 보게 될 줄이야.

제라드는 자신도 모르게 정진에 대해 호기심이 일었다.

'나도 천상 마도사군.'

제라드는 정말로 최후를 얼마 남겨두지 않은 이때 일어난 호기심에 새삼 자신을 돌아보았다.

리치가 되면서 인간의 감정을 모두 버렸다고 생각했는데, 마법사로서의 호기심은 아직도 남아 있었던 것이다.

"이것이 바로 라이트 마법이다."

밝은 하늘 아래, 커다란 수정이 박힌 지팡이를 들고 있던 백발의 선풍도골 마법사가 정진을 보며 말을 하였다.

"젝토르, 이렇게 하면 되는 것입니까?"

정진은 젝토르의 시범에 맞춰 가장 기초적인 마법 중 하나인 라이트 마법을 펼쳐 보였다.

"그렇다. 다만, 마나를 모으는 것에 좀 더 신경 써서 집중하고, 더 많은 마나를 집어넣어야 제대로 된 마법이 시전이 될 것이다. 지금 네가 펼친 마법은 최소 조건이 겨우 충족되는 정도일 뿐이다."

"이렇게 말입니까?"

정진은 젝토르의 말을 듣고 심장에 모여 있는 마나를 마법진에 더욱 불어넣었다.

그러자 희미하던 라이트 마법이 한순간 더욱 밝아지며 커졌다.

하지만 젝토르는 인상을 찌푸리며 고개를 흔들었다.

"라이트 마법의 크기를 키울 필요는 없다. 그저 밝기만 조금 더 높이면 되는 것이지. 그렇게 크기까지 키워 버리면 마나의 손실이 너무 커진다."

젝토르는 뭐가 그리 마음에 들지 않는 것인지 계속해서 정진의 실수를 지적했다.

사실 영혼을 소울 스톤에 봉인한 젝토르는 지금처럼 모습을 드러낼 수가 없었다.

하지만 마도의 궁극이라 할 수 있는 아케인 제국의 마법은 그러한 한계를 뛰어넘을 수 있도록 해주었다.

마도의 정점에 선 아케인 제국의 마도사들은 방대한 마법을 구전으로 가르치는 데는 한계가 있다고 생각했다.

그래서 보다 빠르게 마법을 가르치는 방법을 모색하던 중 개발된 마법이 바로 지식 전이 마법이었다.

지식 전이 마법은 방대한 지식을 빠른 시간에 타인에게 주입시킬 수 있다는 장점이 있었지만, 아무리 마도의 궁극에 오른 아케인의 마도사들이라도 함부로 남용할 수는 없었다.

지식 전이 마법을 시전 받는 당사자의 정신력이 시전하는 존재와 비슷한 경지에 이르러야만 안전하게 이루어질 수 있기 때문이다.

그렇지 않으면 대상자에게 과부하를 걸게 되어 뇌가 곤죽이 되고 만다.

게다가 위험성은 대상자에게만 있는 것이 아니었다.

마법이 중단되면 그에 대한 반작용으로 마법을 시전하던 마법사도 큰 충격을 받는 것이다.

그런 이유로 지식 전이 마법을 개발해 내고도 아케인의 마도사들은 한동안 고민했다.

분명히 유용한 방법이긴 한데, 부작용이 한둘이 아닌 탓이었다.

사실 마법사들이 제자들에게 가르침을 내릴 때, 굳이 구전으로 하는 이유가 있다.

어떤 논리로 마법이 시전되는지 규명하기 위해서는 단순히 일방적인 설명만으로는 부족했다.

가르침을 받는 입장에서 스스로 고민하고 그에 대한 해답을 알아내야 하는 것이다.

그 과정에 잘못된 답을 찾을 수도 있겠지만, 그럴 때 스승 된 자가 오류를 짚어 알려주어야 마법사로서 제대로 된 길을 걸어 나갈 수가 있었다.

그러한 과정은 그저 책만 읽는다고 알 수 있는 게 아니기에 마법이라는 학문을 배워 나가는 데 있어 스승의 존재는 필수였다.

하지만 지식 전이 마법은 이러한 절차를 생략하고, 무조건적으로 옳은 지식만을 주입하는 방법이었다.

당연히 정신력이 강하지 못하면 혼란에 빠져 죽음에 이를 수밖에 없는 것이다.

물론 정신력이 강한 자라면 이 모든 것을 수용하여 익혀 나갈 수 있겠지만, 그런 경우는 극히 드물었다.

사실 그 정도 정신력을 갖춘 이라면 이미 지식 전이 마법이 필요 없을 만큼 경지에 오르는 게 당연했다.

그러니 지식 전이 마법은 전혀 쓸모없는 마법이라고도 할 수 있었다.

물론 어디에나 예외는 있기 마련.

세상의 주시자이자 균형을 담당하는 드래곤 정도쯤 되는 존재라면 피시전자의 정신력과는 아무 상관 없이 안정적으로 지식 전이가 가능했다.

하지만 아케인의 마도사들은 드래곤이 아니니 결국 의미가 없었다.

그렇게 지식 전이 마법이 용도 폐기가 되어갈 즈음, 한 마도사가 방법을 생각해 냈다.

그것은 직접적으로 지식을 주입하는 것이 아니라 피시전자와 시전자가 정신을 연결하고 새로운 공간을 만들어 그곳에서 마법을 전수하는 방법이었다.

사실 마도사들이 지식 전이 마법을 만들어낸 이유는 단순했다.

마법들을 배우는 데 시간이 너무도 오래 걸리는 게 귀찮았기 때문이다.

마법에 대해 한 번 알려주고 난 뒤, 그것을 각자가 알아서 수련한다면 일일이 신경을 쓰지 않아도 될 것이라 생각한 것이었다.

한데 그 한 번 알려준다는 방법이 무리하게 뇌 속에 지식을 욱여넣는 것이라 문제가 생길 수밖에.

그러니 아공간을 만들어 그곳으로 정신을 연결해 마법을 배운다면 뇌에 과부하가 갈 일이 없었다.

배우는 자가 스스로 시간을 들여 방대한 아케인의 마법을 익힐 수 있는 것이다.

이런 방법은 영혼을 소울 스톤에 봉인한 앱솔루트 소울러라면 충분히 가능한 일이었다.

젝토르를 비롯한 몇몇 마도사들은 그러한 이유로 영혼을 소울 스톤에 봉인하였다.

다만, 이렇게 마법을 가르치는 데는 한계가 있었다.

머리로는 마법을 배워도 육체는 그에 대한 학습을 할 수 없다는 점이었다.

마치 현대의 수면학습처럼.

그래서 마도사들은 또다시 궁리 끝에 한 가지 방법을 도출해 냈다.

그것은 바로 실기를 가르칠 존재를 따로 임명한다는 것이었다.

그리고 그런 존재가 바로… 리치였다.

그런 이유로 정진은 지금 아케인 마도사들의 매뉴얼에 따라 마법을 배우는 중이었다.

우선 이론을 배우는 단계로서 앱솔루트 소울러인 제토르와 함께 아공간에서 마법 이론을 수련했다.

그 첫 번째 과제는 기초 중의 기초라 할 수 있는 라이트 마법이었다.

하지만 정진은 라이트 마법을 시전하는 것부터 큰 난관에 부딪쳤다.

이론은 무척이나 간단했다.

라이트 마법에 필요한 회로, 즉 마법진을 그리고, 그 안에 마나를 불어넣으면 끝이다.

한데 생각만큼 쉽지 않았다.

적당한 비율로 마나를 주입해야 하는데, 너무 적으면 마법이 취소되고, 너무 많은 마나를 불어넣으면 효율성이 떨어졌다.

무엇보다 중용이 필요한 것이다.

물론 때에 따라선 마나를 과도하게 주입해 마법을 시전해야 할 때도 있겠지만, 이제 막 마법을 배우고 있는 정진에게는 해당되지 않는 이야기였다.

그런 방법은 나중에 어느 정도 경지에 이르렀을 때 부려도 되는 기교일 뿐, 지금 당장은 최대한 정도에 벗어나지 않게 배워야 할 때였다.

때문에 지금 젝토르는 정진의 빠른 마법 습득 능력에 경악을 하면서도 기본에 대해 강조를 하는 것이었다.

사실 젝토르는 정진에게 마법을 가르치면서 큰 기대를 하지 않았다.

그저 자신이 소멸되고 나서도 아케인의 위대한 마도가 전승되길 바라는 마음에 가르치는 것일 뿐이었다.

이계인인 정진이 아케인의 마도를 배워봤자 얼마나 알겠는가.

그저 막연히 전수를 하는 것뿐이었다.

그런데 어떻게 된 일인지 정진이 습득해 나가는 과정이 너무도 상상 밖이었다.

몇 번 설명도 하지 않았는데, 알아서 이론을 이해하고 마법을 시전하는 것이었다.

물론 실제로 마법을 시전할 수 있을지는 아직 미지수였다.

이곳, 정신의 방은 이론에 따라 마나가 전개되면 마법이 시전되게끔 만들어진 곳이다.

즉, 이론만 확실하게 이해한다면 초보자라 해도 9클래스의 마법을 시전할 수 있다는 말이었다.

"라이트 마법은 이제 그 정도면 어떤지 감을 잡았을 테니, 이제는 다른 것으로 넘어간다."

애써 놀란 속내를 감춘 젝토르는 다음 단계로 넘어가기로 했다.

이번에 가르칠 것은 또 다른 기초 마법인 파이어 마법이었다.

일명 마법의 불.

이 역시 마법사에게 가장 기초가 되면서도 중요한 마법이었다.

라이트 마법이 그저 마나를 모아 발현시키는 것이라면, 파이어 마법은 좀 더 높은 집중력을 필요로 했다.

둘 모두 일상적으로 자주 사용되는 마법이지만, 파이어 마법은 마법사에게 있어 특히 더 중요하다고 할 수 있다.

아티팩트를 만들 때, 반드시 필요하기 때문이었다.

광석은 물론이고, 몬스터의 뼈, 마정석, 그리고 식물까지… 일반적인 도구 제련과 달리 아티팩트를 만들 때는 반드시 파이어 마법을 이용해 재료를 융합시켜야 했다.

즉, 파이어 마법이 용광로와 같은 역할을 하는 것이다.

그것이 바로 도구 제련과 아티팩트 제조의 차이점이었다.

본래 불에 타버릴 물질도 파이어 마법을 이용하면 액체 상태가 되기에 그에 대한 속성이나 효과를 주입할 수 있게 되는 것이다.

그러니 마법사에게 있어 파이어 마법은 없어서는 안 될 중요한 요소였다.

파이어 마법을 제대로 시전하지 못한다면 그 어떠한 아티팩트도 만들 수 없기 때문이다.

그런 연유로 젝토르는 조금 전 라이트 마법을 가르칠 때보다 더욱 엄격한 태도를 견지했다.

"파이어 마법은 마법사의 시작이며 끝이라 할 수 있는 마법이다. 비록 강한 공격력을 가진 건 아니지만, 그 어떤 마법보다 중요한 것이라 할 수 있다."

태양이 지평선 아래로 제 모습을 숨기며 어둠이 차즘 그 위세를 넓혀갈 무렵.

흰머리산 이름 모를 골짜기의 공터에 누군가가 정좌를 하고 앉아 있었다.

명상을 하듯 눈을 감고 있는 인물.

그는 바로 정진이었다.

지금 정진은 제라드의 안내로 이곳 골짜기에서 대자연의

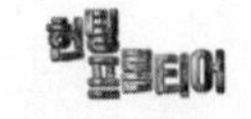

마나를 흡입하고 있는 중이었다.

언뜻 보면 한두 번 해본 게 아닌 듯 정진은 상태는 자연스럽기 그지없었다.

무엇보다 지금 정진의 주변은 현실이라 할 수 없을 만큼 놀라운 현상이 벌어지고 있었다.

황홀하다는 말이 전혀 어색하지 않을 만큼 각양각색의 광원이 날아다니며 정진이 숨을 쉴 때마다 몸속으로 스며드는 것이었다.

광원의 정체는… 다름 아닌 마나였다.

들숨 한 번에 몸속으로 스며든 마나는 정진의 마나 홀에 차곡차곡 쌓여갔고, 날숨을 통해 탁한 기운이 배출되었다.

호흡 한 번에 정진의 신체가 조금씩 변화되어 가는 것이었다.

마나 수련은 축적하는 것이 끝이 아니다.

생명력 넘치는 마나를 축적하고, 오염된 마나는 외부로 방출해야 한다.

그래야 좀 더 순도 높은 마법을 사용할 수 있게 되는 것이다.

물론 모든 마법이 그러한 것은 아니었다.

지금 정진이 수행하고 있는 것은 정도(正道)라 할 수 있는 백마법이었다.

양의 기운과 더불어 생명 에너지의 위력을 극한까지 끌어내는 것이 백마법이 가진 속성이었다.

그렇기에 무엇보다 충만한 생명 에너지가 중요한 것이다.

하지만 마법이란 백마법만이 존재하는 것은 아니었다.

만약 마계의 마족들이 사용하는 흑마법을 배우려면 오히려 오염된 마나를 축적해야만 한다.

음의 기운, 죽음의 기운이 흑마법을 더욱 강하게 해주기 때문이다.

하지만 지금의 정진에게 필요한 것은 생명의 기운.

정진은 끊임없는 명상을 통해 오염된 기운을 배출하고 생명의 기운을 착실히 쌓아 나갔다.

사실 지금 정진을 둘러싼 마나는 원래 눈에 보이지 않는 게 당연했다.

다만, 제라드가 좀 더 마나를 끌어모으기 위해 마나 집적진을 그려 활성화시켰기에 가능한 일이었다.

마나의 농도가 짙어져 일반인의 눈에도 보일 수 있을 만큼 유형화된 것이다.

때문에 정진은 숨을 들이켤 때마나 가슴이 청량해지는 느낌을 받았다.

순도 높은 마나가 전해 주는 효과였다.
그래서인지 정진은 한순간도 한눈팔지 않고 집중할 수 있었다.
[정신을 집중하고 들어라.]
그때, 제라드가 말을 걸어왔다.
[마나 홀에 쌓인 마나의 한쪽 끝을 늘려 링을 만들어라.]
정진은 한순간 제라드의 말을 알아듣지 못했다.
어떻게 마나를 이끌어야 할지 잘 이해하지 못한 탓이었다.
사실 마나 홀에 마나를 쌓는다는 것은 결코 쉽지 않은 일이었다.
일단 마나는 움직이는 에너지다.
그렇기 때문에 계속해서 이동하려는 성질이 있다.
하지만 마법을 수련하기 위해선 계속해서 마나를 모아야 한다.
마법사들은 보다 안정적으로 마나를 쌓는 길을 모색하다 한 가지 방법을 고안하게 되었다.
그것은 마나가 흩어지지 않도록 마나 홀 주변에 마나로 이루어진 링을 만드는 것이었다.
마법사들은 이렇게 만들어진 마나의 링을 서클이라 명명

했다.

한 개의 서클을 형성하면 1서클, 두 개의 서클을 형성하면 2서클…….

아케인의 마도사들은 마법을 시전하는 데 해당 마법의 클래스와 동일한 서클의 마나를 동원했을 때 가장 효율이 좋다는 사실도 알게 되었다.

즉, 3클래스의 파이어 볼 마법을 시전하는 데는 3서클의 마나를 사용하는 것이 가장 효율이 좋았다.

만약 그 이하의 마나를 사용하면 마법에 실패하고, 그 이상의 서클을 사용하면 위력은 좀 더 강해지지만 낭비되는 마나가 많다는 사실을 발견한 것이다.

그렇기 때문에 마법사라면 서클을 많이 만들수록 더 다양하고 강력한 마법을 쓸 수 있었다.

당연히 서클이 없다면 마법사라고 볼 수도 없었다.

그러니 지금 정진이 서클을 만들 수 있어야 비로소 마법사로서의 첫발을 디딘 것이라 할 수 있었다.

정진은 제라드의 말을 곱씹으며 마나를 움직이려 애를 썼다.

하지만 결코 쉽지 않았다.

몸속에 있는 마나라는 존재를 의식만으로 이끈다는 건 통제할 수 없는 신체 부위를 움직이려 하는 것과 비슷했다.

절로 다급한 마음이 들 법도 한데, 정진은 차분하게 마음을 가라앉혔다.

그러고는 마나 홀을 들여다보듯 정신을 집중해 자신을 관조해 나갔다.

어느새 정진의 머릿속으로 밝게 빛나는 마나가 보였다.

너무도 기뻤지만, 아직은 일렀다.

이제 저것을 자신의 의지로 이끌어야 했다.

정진은 더욱 정신을 집중해 마나의 한 끝을 의식의 속으로 잡았다.

그런 후, 그 끝을 잡아당긴다는 생각으로 의식을 이끌었다.

처음 시도하는 일이라 결코 쉽지 않은 작업이었다.

마나가 마치 실처럼 끌려나오다가도 잠시만 의식을 놓으면 다시금 마나 홀로 쏙 들어가 버렸다.

몇 번을 시도해 봐도 좀체 뜻을 이루지 못했다.

정진은 조급한 마음을 버리고 다시금 정신을 집중했다.

조심스레 마나의 끝을 잡고 살살 끌어냈다.

끊어질 듯, 돌아갈 듯 흔들리는 마나의 실.

정진은 집중을 놓치지 않으며 천천히 마나 홀을 둘러

갔다.

이마 위로는 굵은 땀방울이 맺혀 뺨을 타고 흘러내렸다.

그리고 마지막 순간.

정진은 최대한 정신을 집중해 마나의 고리를 연결하는 데 마침내 성공했다.

'해냈다!'

하지만 그 순간, 마나가 흩어지면 완성되었던 서클이 다시 풀리고 말았다.

너무 기쁜 나머지 긴장을 풀자 마나가 다시 통제를 잃고 사방으로 흩어진 것이다.

'아…….'

너무도 허무한 기분에 정진은 할 말을 잃고 말았다.

동시에 자책감이 들었다.

끝까지 정신을 집중하지 못한 것을 누구에게 뭐라 하겠는가.

잠시 반성의 시간을 가진 뒤, 다시 서클을 만들기 위해 집중을 하려던 찰나였다.

'앗!'

정진은 외마디 비명을 질렀다.

더 이상 마나 홀에 마나가 남아 있지 않은 탓이었다.

수십 차례 실패를 반복하다 보니 마나 홀에 쌓아둔 마나가 어느새 모두 몸 밖으로 흩어진 것이다.

[너무 실망하지 마라. 비록 마지막에 방심하여 서클을 만들지는 못했지만, 이제 요령을 알았을 테니 내일은 성공할 수 있을 것이다.]

제라드는 어깨가 축 처진 정진을 위로해 주었다.

사실 제라드가 보기에 정진의 진도는 무척이나 빨랐다.

아케인 제국이 융성했을 때에도 처음 마법을 익히는 자들이 마나를 느끼는 데는 보통 30일 이상 걸렸다.

물론 일반인의 예상을 뛰어넘는 천재들이 있긴 했지만, 그렇다고 정진의 성과가 폄하될 이유는 되지 못했다.

아니, 천재라 불리던 제라드 자신도 처음 마법을 배울 때 정진만큼의 성과를 보이지는 못했다.

마나를 느끼는 것만 10일이 걸렸고, 마나를 마나 홀에 인도하는 것은 그보다 두 배가 더 걸렸다.

그런데 지금 눈앞에서 마나를 수련하고 있는 정진은 불과 이틀 만에 1서클을 만들고 있었다.

아니, 비록 실패하기는 했지만, 마지막에는 거의 성공할 뻔하였다.

그것만 봐도 정진의 마법에 대한 자질이 얼마나 대단한지 알 수 있었다.

잠시 질투가 나기는 했지만, 이미 궁극의 경지에 올라 인간의 감정을 버린 제라드는 금방 평정을 되찾을 수 있었다.

만약 욕망에 집어삼켜진 리치였다면 그러지 못했을 것이다.

하지만 제라드는 데미 리치이자 대마도사.

자신의 임무를 마치고 안식을 찾으려는 지금, 정진의 재능이 이렇게나 훌륭하다는 것에 오히려 기쁠 지경이었다.

Chapter 4

진법 마법을 배우다

"파이어 레인!"

젝토르가 오른손에 들린 스태프를 전면으로 내밀며 외쳤다.

그러자 스태프 상단에 붙어 있는 수정에서 밝은 빛이 번쩍이더니, 저 멀리 허공에서 불덩어리가 생성되었다.

불덩어리들은 빠르게 추락하며 일대를 불바다로 만들었다.

쉴 새 없이 쏟아지는 그 모습은 이름 그대로 마치 불의 비가 땅에 떨어지는 듯하였다.

파이어 레인 마법을 지켜보던 정진은 너무도 엄청난 광경에 입을 다물지 못했다.

'이런 것이 겨우 다른 마법의 마이너스 버전이라니, 그렇다면 본래 버전의 마법인 미티어 스웜의 위력은 어떻다는 것이야?'

정진은 할 말을 잃었다.

방금 본 파이어 레인 마법의 위력은 차치하고, 그 범위만 해도 엄청났다.

축구장 두 배만큼의 넓이를 3클래스 파이어 볼 마법의 두 배에 달하는 위력의 불덩이들이 쏟아져 내려 초토화시킨 것이다.

그렇다면 9클래스 마법인 미티어 스웜의 위력은 최소 저것의 두 배는 된다고 봐도 무방할 것이다.

아니, 전에 젝토르가 마법은 클래스가 한 단계 올라갈수록 위력은 곱절로 오른다고 하였다.

1클래스의 위력이 10이라면 2클래스는 10의 제곱이고, 3클래스는 그것의 제곱… 그런 식으로 위력이 중첩된다고 하였다.

그렇다면 6클래스인 파이어 레인보다 3클래스가 더 높은 미티어 스웜의 위력은 단순하게 생각하면 파이어 레인의 만 배에 달하는 위력을 가졌다는 소리였다.

그 말은 미티어 스웜 한 방으로 도시 하나를 초토화시킬 수 있다는 소리나 마찬가지였다.

정진은 문득 도저히 믿을 수가 없다는 생각을 하였다.

어떻게 인간이 그런 위력을 발휘할 수가 있단 말인가.

지금 파이어 레인이 엄청난 위력을 증명하는 것을 직접 보았지만, 그래도 그 이상의 파괴력을 인간이 만들어낼 수 있다는 말은 도저히 받아들일 수가 없었다.

정진이 배운 지식으로는 도저히 이해할 수 없는 영역이었다.

물론 마법이란 것도 본래 상상조차 할 수 없던 놀라운 학문이기는 하지만, 그래도 억지로 이해할 수 있는 범위의 것이다.

직접 눈으로 보고, 세계의 법칙 중 하나임을 이해했으니까.

하지만 7클래스 이상의 마법에 대해서는 도저히 믿을 수가 없었다.

"대단하네요."

정진은 파이어 레인을 구사한 젝토르를 향해 말했다.

짧지만 자신의 감상을 아무런 가감 없이 그대로 담은 말이었다.

젝토르는 별거 아니란 듯 대꾸했다.

"파이어 레인은 나름 쓸 만하긴 하지만, 그리 대단한 것은 아니다. 그저 겉모습만 대단해 보일 뿐, 다른 동급의 마법에 비해 썩 훌륭한 마법은 아니지. 다만, 다수의 적을 상대할 때 유용할 것이다. 소모되는 마나에 비해 효과는 괜찮은 편이니……."

"알겠습니다."

정진은 잠시 주변을 다시 한 번 살펴보았다.

'참 신기한 곳이야.'

이곳 정신의 방은 참으로 신비한 곳이었다.

시간의 제약이 없는 이곳은 아무리 오래 머물러 있어도 실제로 지나간 시간은 얼마 되지 않았다.

때문에 정진은 이곳에서 젝토르에게 많은 마법을 배우고 있었다.

그런 후, 현실에서는 다시 제라드의 도움을 받아 마나를 마나 홀에 모으며 서클을 만들어 나가는 일은 반복했다.

정진은 문득 자신도 모르게 가슴에 손을 얹었다.

손의 감각에는 느껴지지 않지만, 정신을 집중하면 자신의 심장 주변으로 빛의 고리 세 개가 돌고 있다는 것을 느낄 수 있었다.

다시 말해 현재 정진은 3서클에 올랐다는 소리였다.

물론 그것은 운용 가능한 마나의 양을 말하는 것이고, 정진이 경지가 3서클이라고 해서 3클래스 마법을 마음대로 사용할 수 있다는 뜻은 아니었다.

제라드와 함께 열심히 실전 연습을 하고는 있지만, 아직까지는 마음먹은 대로 마법을 사용할 수는 없었다.

아무리 서클이 쌓였다 해도 속성으로 배우는 중이라 아직 정진의 마법 시전은 어설펐다.

숙련도가 너무 떨어져 마법을 시전하기까지 시간도 오래 걸리고, 마나를 유지하는 것만으로도 아직은 버거웠다.

"그런데 젝토르, 전 언제나 돼야 실패하지 않고 마법을 시전할 수 있게 될까요?"

정진은 조금 답답하기도 하고 조바심도 생겨 젝토르를 보며 물었다.

젝토르는 담담히 대답했다.

"그건 네가 얼마나 열심히 마법을 수련하는지에 달려 있는 문제다. 즉, 완전히 숙련된다면 실패 없이 사용할 수 있을 것이다. 그게 아니라면 경지를 높여 실패하지 않도록 두 단계 밑의 마법을 사용하면 된다. 2클래스 밑의 마법은 정신력만으로 충분히 사용할 수 있으니, 실패하지는 않을 것이다.”

젝토르는 일반적인 마법 이론을 들려주었다.

마법은 경지가 높아질수록 정신력이 높아진다.

그래야만 유동하는 마나를 컨트롤하여 계획한 마나 회로에 적당한 만큼을 불어넣어 마법을 활성화시킬 수 있기 때문이다.

게다가 그렇게 마나 회로가 활성화된다고 끝나는 것이 아니다.

활성화된 마법을 목표에 정확하게 맞추는 것.

그것까지 모두 끝나야만 완전하게 마법을 시전했다고 말할 수 있는 것이다.

위급 상황에서 마법을 시전했는데 목표가 아닌 엉뚱한 방향으로 날아간다면 마법을 썼다고 할 수는 없는 일 아닌가.

그러니 목표에 대한 좌표를 계산해 제대로 날리는 것도 무척이나 중요했다.

현재 정진이 마법에 실패하는 것은 바로 그 부분이었다.

마법을 활성화하는 데까지는 빠르게 해내지만, 정작 중요한 마무리를 하지 못하는 것이었다.

엉뚱한 방향으로 마법이 날아간다든가, 아니면 날아가는 도중 마법이 소멸했다.

그러니 정진의 고민은 당연한 일이었다.

차라리 마법이 활성화되지 못한다면 어떻게든 방법을 찾을 것인데, 그것이 아니니 문제였다.

사실 이 모든 건 정진이 마법에 대해 아직 제대로 개념을 잡지 못했기 때문에 벌어지는 일이었다.

만약 정진이 마법에 대한 개념을 확실하게 잡고 정신을 집중한다면 해결될 수 있는 간단한 문제인 것이다.

그렇지만 젝토르나 제라드는 이러한 문제점을 일부러 정진에게 알려주지 않았다.

혹시나 정진이 자만할 것을 저어하고, 되도록이면 직접 깨달을 수 있게 해주기 위해서였다.

남이 가르쳐 주는 것은 쉽게 배울 수는 있지만, 반대로 쉽게 잊어버리기도 한다.

그러니 한껏 고민하며 이치를 깨닫게 된다면 그만큼 정신력은 높아질 것이고, 그렇다면 마법의 위력도 올라갈 것이기에 제라드나 젝토르는 정진이 스스로 문제를 해결하도록 놔두고 있었다.

물론 자신들에게는 이제 시간이 얼마 남지 않았다는 것을 알기에 계속해서 정진이 문제를 해결하지 못한다면 나중에는 알려주겠지만, 지금은 아니었다.

"파이어 레인!"

정진은 힘차게 외치며 손을 들어 스태프를 앞으로 내밀었다.

그러자 주황색의 불덩이들이 허공에 생성되더니, 이내 땅으로 쏟아졌다.

그런데 정진의 표정은 마법이 성공한 것에 기뻐하는 모습이 아니었다.

젝토르가 시전한 파이어 레인과 모습이 달랐기 때문이다.

그뿐 아니라 위력 또한 차이가 컸다.

젝토르가 시범을 보인 파이어 레인은 그 이름처럼 불로 된 비를 보는 듯했다.

촘촘하게 떨어져 내려 일대를 초토화시킨 것에 반해, 자신이 시전한 파이어 레인은 커다란 불덩이 몇 개가 듬성듬성 흩어져 떨어지고 있을 뿐이었다.

아무리 좋게 봐준다 해도 같은 마법이라고 말하기 힘들 정도로 엉성했다.

물론 첫술에 배부를 수는 없는 법이라지만, 그래도 얼추 비슷하게라도 마법이 시전되었다면 덜 창피했을 것인데, 전혀 그렇지 못하니 너무도 창피했다.

"이미지가 불확실하니 그런 결과가 나오는 것이다. 조금 더 머릿속에 이미지를 그리며 마법을 시전해 봐라."

젝토르는 곧바로 문제점을 찾아냈다.

어찌 보면 가장 근본적인 요소라고 할 수 있는, 정신적인 측면에서 흐트러짐이 보였던 것이다.

젝토르의 말에 정진은 조금 전 자신이 무슨 생각을 하며 파이어 레인을 시전했는지 떠올려 보았다.

'내가 무슨 생각을 했더라? 아, 이런……. 아무 생각도 하지 않고 그저 막연하게 젝토르처럼 마법을 썼으면 하는 마음뿐이었으니 제대로 성공할 리가 없지.'

정진은 자신이 정말로 큰 실수를 했다는 것을 깨달았다.

젝토르와 제라드는 마법을 생성하는 공식도 중요하지만, 무엇보다 상상력이 중요하다고 했다.

마법사의 상상력에 따라 같은 마법이라도 다르게 표현이 된다고 하였다.

물론 위력 또한 다르다고 몇 번이나 강조를 했다.

심지어 확고한 마법사의 의지는 부족한 마나도 해결할 수 있다고까지 말했다.

물론, 그렇다고 클래스를 뛰어넘을 정도는 아니지만.

클래스를 무시한 마법 시전은 파멸밖에 남는 것이 없

었다.

마나의 양이 조금 부족할 때야 정신력으로 극복할 수도 있지만, 클래스를 넘어서는 엄청난 마나의 부족은 마법사의 생명력과 영혼력을 소비한다.

자칫 잘못하다가는 생명이 모두 마법에 빨려 들어가 돌이킬 수 없는 지경에 빠질 수도 있는 것이다.

실수를 깨닫고 마음을 다잡은 정진은 다시금 파이어 레인을 시전했다.

"파이어 레인!"

후두두둑!

콰쾅! 콰콰콰쾅! 쾅! 쾅!

조금 전과는 달리 이번에는 보다 제대로 된 파이어 레인이었다.

물론 아직 젝토르가 선보인 것과는 차이가 있지만, 마법을 배운 지 얼마 되지 않았다는 점을 감안하면 참으로 고무적인 일이었다.

정진은 조금 전보다 나아진 것을 확인하자 자신감이 생겼다.

이 감각을 놓쳐서는 안 된다는 마음에 재차 파이어 레인을 시전했다.

"파이어 레인!"

이번에는 조금 전보다 더욱 향상된 모습이었다.

조용히 지켜보던 젝토르의 표정이 놀라움으로 변해갔다.

불과 몇 번 연습하지도 않았는데 숙련된 마법사가 펼치는 것과 비슷하게 시전한 것이다.

'놀랍군. 이 아이는 마치 마법을 위해서 태어난 존재 같군.'

"젝토르."

제라드와의 마나 수련을 마친 정진은 다시 젝토르를 찾았다.

"무슨 일인가?"

"오늘은 마법진을 그리는 법을 알려주신다고 했는데, 마법진으로 펼치는 마법과 마법 술식으로 시전하는 마법은 어떻게 다른 것인가요?"

정진은 사실 마법진을 배우는 시간이 아까웠다.

차라리 그 시간에 평소 익히던 스펠 마법을 더 연습하고 싶었다.

무엇 때문에 마법을 진법과 술법으로 나누는 것인지 이해가 가지 않았기 때문이다.

똑같은 마법인데 굳이 복잡하게 진법을 그릴 필요가 있느냐는 것이었다.

그런 정진의 질문에 젝토르는 차분하게 설명해 주었다.

"마법진으로 펼치는 마법이나 술식을 이용한 스펠 마법이나 결과적으로 보면 차이가 없다. 둘 다 같은 결과를 내지. 일단 스펠 마법에 대해 다시 한 번 설명을 해주겠다. 스펠 마법은 마법을 시전하는 존재가 지니고 있는 마나와 클래스에 영향을 받는다. 마법을 시전하는 이가 직접 컨트롤하기 때문에 마나 보유량이나 정신력이 무척이나 중요하지. 그에 비해 마법진을 이용한 마법은 일단 스펠 마법에 비해 정신력은 그리 많이 필요하지 않다. 그리고 마법을 시전하는 이의 마나량도 그리 중요하지 않다."

잠자코 젝토르의 설명을 듣던 정진은 또 다른 궁금증이 생기자 지체 없이 물었다.

"그렇다면 스펠 마법에 비해 마법진을 이용한 마법이 더 편리한 것 아닌가요?"

젝토르는 계속해서 이어지는 정진의 질문에도 귀찮아하지 않고 차근차근 설명을 이어 나갔다.

"언뜻 들으면 그렇게 생각할 수도 있다. 같은 마법인데 정신력이나 시전자의 마나량에 구애 받지 않으니 당연 그럴 것이다. 그렇지만 전에도 말했듯 마법은 등가교환의 법칙을 통해 이루어진다."

"예. 마법을 펼치기 위해선 마나와 정신력이 필요하다 했지요."

"그래, 잘 기억하고 있구나. 그렇다면 마법진으로 펼치는 것도 마법이라고 했으니 등가교환의 법칙이 적용될 테고, 마법사의 정신력과 마나가 스펠 마법에 비해 적게 들어간다고 했으니 그 부족한 만큼 다른 어떤 것이 진법 마법에 필요하겠지?"

"아!"

정진은 뭔가 깨달은 것이 있어 저도 모르게 탄성을 질렀다.

"짐작했겠지만, 마법진을 이루는 재료가 그 역할을 한다. 마나를 품은 마나석이나 몬스터의 정화라 할 수 있는 마정석이 바로 마법진의 재료가 되고, 그것들이 품은 마나가 바로 부족한 마나를 보충해 주는 것이다. 그리고 마법을 컨트롤하는 정신력은 마법진을 그리는 공식에 모두 들어가는 것이기에 마법사의 정신력이 따로 필요하지 않은 것이다."

젝토르는 이왕 이야기가 나온 김에 진법 마법과 스펠 마법에 대하여 좀 더 알려주기로 마음먹었다.

"그리고 마법진을 이용한 마법은 스펠 마법에 비해 넓은 공간과 많은 자원이 필요하다. 또 스펠 마법에 비해 시전 속도가 무척이나 느리다."

한참을 생각하던 정진은 뭔가 떠오르는 것이 있어 다시 한 번 물었다.

"진법 마법이 비록 제약이 있다고 하지만, 마법진에 들어가는 마나석이나 마정석을 더 등급이 높은 것으로 대체하고 마나의 양을 일정하게 컨트롤한다면, 일상생활에 활용하기는 오히려 진법 마법이 스펠 마법보다 더 효용이 높아질 수도 있지 않을까요?"

무언가 깨달은 듯한 정진의 말에 젝토르는 미소를 지으며 대답했다.

"그렇다. 어떻게 마법을 활용하느냐에 따라 그 효용이 달라지겠지. 그리고 그게 바로 네가 궁극적으로 배우고, 또 계승해야 할 마도인 것이다. 마법은 이능을 펼치고 몬스터를 때려잡는 것이 목적이 아니라 인류의 삶을 더욱 윤택하게 만들기 위해 행하는 학문이다. 그러니 너도 아케인의 마도 정신을 잊지 않아야 한다."

젝토르는 내심 뿌듯함을 느꼈다.

정진이 말한 것이 바로 아케인 제국의 마도가 추구하는

정신이자 자신과 제라드가 물려주려 하는 것이었다.

정진이 단순히 마법을 익히는 것이 아니라 마도의 본질에 조금이나마 제대로 다가가고 있다는 생각이 들어 기분이 좋았다.

한편, 정진은 과학과 마법이 추구하는 것이 일맥상통한다는 것을 깨달았다.

비록 과학이 전쟁터에서 크게 두각을 보이지만, 그렇다고 파괴적인 학문은 아니었다.

인간의 창의력이 파괴 행위에 더욱 집중되고 기발한 아이디어를 내기는 하지만, 어찌 보면 위기의식에서 비롯된 자기방어 수단에서 비롯된 것이라고 할 수 있었다.

그런 만큼 마법이나 과학의 최종 목적은 결국 인간을 위해서라는 공통점이 있었다.

"이왕 말이 나왔으니 오늘은 마법진에 대한 공부를 해보자."

젝토르는 오늘은 아예 마법진에 대한 수업을 하기로 마음을 바꿨다.

비록 진법 마법이 젝토르의 특기는 아니지만, 그래도 마도사로서 웬만한 마법진은 모두 알고 있기에 정진을 가르치는 데에는 아무런 문제가 없었다.

또 언젠가는 정진이 배워야 할 것이니, 미리 배운다고 나쁠 것도 없다는 생각이었다.

앱솔루트 소울러의 소울 스톤을 활성화시키려면 마법진이 필수적으로 필요했다.

젝토르가 있는 방, 그곳에는 수정 기둥마다 앱솔루트 소울러들의 잔류 사념이 남아 있다.

그리고 정진은 그들이 남긴 마법도 전승해야 하기에 언젠간 마법진도 익혀야만 했다.

그러니 젝토르는 정진에게 마법진, 그 중에서도 마나 집적진에 대하여 중점적으로 가르쳤다.

"잘 기억해야 한다. 잘못 쓰여진 글자 하나로 인해 진법 마법은 무서운 결과를 도출할 수도 있다. 스펠 마법은 스펠이 틀렸을 때 마법이 실패하는 것으로 끝나지만, 진법 마법은 그렇지 않다. 진법 마법은 한 번 시전되면 무조건 발동한다. 그러니 진법 마법을 실행할 때는 실수한 것이 없는지 한 번 더 살펴야 한다."

"알겠습니다."

진법 마법이 가진 또 한 가지의 단점이 바로 이것이었다.

편리하기는 하지만, 실수를 했을 때 그 부작용이 무척이나 심각하다는 것.

그렇기에 마법진을 그릴 때에는 신중에 신중을 요했다.

확실히 스펠 마법은 마법사가 정신력으로 컨트롤하기 때문에 스펠이 틀리더라도 마법 시전을 중단하거나 다시 시전할 수가 있었다.

하지만 진법 마법의 경우에는 마법사가 관여하는 부분이 마법진을 활성화시키는 것 외에는 없기에 오류가 있다고 해도 중간에 고칠 수가 없었다.

예를 들어 화재가 났을 때, 실수로 물이 아닌 불을 의미하는 스펠을 운용했더라도 스펠 마법은 중간에 다시 물로 변경할 수 있지만, 진법 마법은 그럴 수 없다는 소리였다.

그렇기에 정진은 진법 마법의 위험성에 대해 다시 한 번 머릿속으로 되새겼다.

"너는 암기력이 좋으니 그런 실수를 하지는 않겠지만, 그래도 절대 방심해서는 안 된다. 알겠느냐?"

"예. 다시 한 번 마음에 새기겠습니다."

사실 정진이 생각하기에도 그 말은 몇 번을 강조해도 부족하지 않았다.

그러는 한편, 진법 마법이 앞으로 자신에게 큰 힘이 되어줄 것이란 생각을 했다.

'스펠 마법도 중요하지만, 내가 앞으로 살아가는 데는 이 진법 마법이 더욱 중요한 역할을 할 것이다."

돈도, 배경도 없는 정진이 가족들을 보살피기 위해선 제대로 마법을 배우느냐, 아니냐가 큰 고비였다.

그중에서도 마도의 정신을 계승하기 위해선 지금 배우는 진법 마법이 가장 중요하다고 여겨졌다.

개인적으로야 스펠 마법도 유용하겠지만, 범용성을 따지면 진법 마법이 더욱 뛰어났다.

어떻게 활용하느냐에 따라 과학을 대체할 수도 있을 것이다.

특히나 이곳 뉴 어스에서는 과학을 뛰어넘어 절대적인 위치에 서고도 남을 것이다.

마법을 익힌 자신의 가치는 그야말로 무궁무진하리라.

유일하다는 것. 그 말이 가지는 의미는 그야말로 엄청났다.

만약 헌터들 중에서 마법을 사용하는 사람이 있었다면 진즉에 이슈가 되었을 것이지만, 정진은 그런 뉴스를 본 적이 없었다.

그러니 자신이 지구로 돌아가게 된다면 성공은 당연지사였다.

그런 생각을 하들 마법을 배우려는 마음가짐이 또 달라

졌다.

처음 제라드의 권유에 마법을 배울 때는 그저 낙오되어 헤매고 있는 유적 지하를 빠져나가는 데 목적이 있었다.

하지만 지금은 다르다.

마법을 통해 불우한 집안 형편을 타파하고, 남부럽지 않은 부자가 될 수 있겠다는 생각을 하니 절로 의욕이 생겼다.

그렇게 더욱 적극적으로 변하게 되자 정진의 집중력은 최고조에 이르렀다.

자연 젝토르와 제라드가 가르쳐 주는 마법의 습득 속도는 더욱 올라가게 되었다.

그러자 이전에도 정진의 재능에 감탄을 금치 못했던 제라드와 젝토르는 마법을 가르치는 것에 더욱 박차를 가했다.

† † †

크앙!

"으악! 살려줘!"

아비규환.

불교에서 말하는 아비지옥과 규환지옥을 동시에 일컫는

말로, 많은 사람들이 비참한 지경에 처해 울부짖는 참상을 비유하는 단어다.

그리고 현재 노태 클랜 흰머리산 던전 탐사대의 상황을 한마디로 규정 짓는 말이기도 했다.

전날까지만 해도 노태 클랜 탐사대는 만족스러운 여정을 이어 나가던 중이었다.

예기치 못한 지진 탓에 잠시 어려움을 겪긴 했지만, 그 정도는 전혀 신경 쓸 바가 아니었다.

이미 많은 유물을 수확한데다 타이탄이라는 유물을 발견한 것은 지금까지 그 누구도 얻지 못한 업적이었다.

임무를 무사히 마치고 수확도 풍성히 얻은 터라 노태 클랜 던전 탐사대의 표정은 무척이나 밝았다.

그렇게 탐사대 전원은 가벼운 발걸음으로 캠프를 나서 뉴서울로의 복귀를 시작했다.

하지만 하루가 채 지나지 않아 지옥을 경험하게 되리라고는 그들 중 어느 누구도 예상하지 못한 일이었다.

처음 시작은 그리 대수롭지 않았다.

막 야영 캠프를 꾸려 잠자리에 들려고 할 때, 몬스터의 습격이 있었다.

하지만 탐사대는 그리 걱정하지 않았다.

자신들을 지켜주는 헌터들에게 무려 여섯 기의 아머드 기어가 있기 때문이었다.

하지만 시간이 지날수록 상황은 악화되어만 갔다.

늦은 저녁에 시작된 몬스터의 습격을 쉽사리 막아냈지만, 이는 악몽의 시작에 불과했다.

얼마 지나지 않아 몬스터의 습격이 다시금 벌어진 것이다.

역시나 아머드 기어의 위력과 노련한 헌터들의 대처로 피해 없이 물치쳤지만…….

다시 이어진 몬스터의 3차 습격 때부터 탐사대의 분위기는 가라앉아 갔다.

연속된 몬스터의 습격은 결코 우연이 아니었다.

마치 상대의 힘을 빼기 위해 차륜전을 벌이는 것처럼 몬스터의 습격이 이루어지고 있었다.

마치 누군가의 지시에 따르기라도 하는 것처럼.

결코 본능만으로 움직이는 몬스터의 행태가 아니었다.

그런 사실이 탐사대 인원들의 얼굴을 어둡게 만들었다.

한차례 습격을 막아내고 잠시 쉬려 하면 몬스터들은 어김없이 몰려왔다.

계속된 습격에 헌터들은 휴식조차 제대로 취하지 못했다.

아무리 강화된 신체를 바탕으로 완숙한 경험을 갖추고 있다지만, 인간인 이상 한계는 존재했다.

지친 헌터들을 보조하기 위해 스켈레톤 슈트를 장비한 일꾼들은 어쩔 수 없이 방어 일선에 투입되었다.

하지만 한계가 있을 수밖에 없었다.

스켈레톤 슈트가 몬스터에 대해 어느 정도 대응이 가능하긴 하지만, 이곳은 뉴 어스였다.

지구에서 상대하는 몬스터와는 차원이 다른 것이다.

그저 헌터들이 활동할 수 있는 공간을 마련해 주는 것이 최선인 상태에서 여러 차례 몬스터들의 습격을 받다 보니 체력이 떨어져 틈을 보이고 말았다.

몬스터들에게 그 틈은 결코 작은 것이 아니었다.

결국 탐사대에서 첫 사상자가 발생했다.

어찌 보면 작은 희생이라 할 수도 있겠지만, 그 과정은 탐사대에 속한 모든 인간들의 마음에 커다란 공포를 심어주었다.

최초의 희생자.

그는 싸우다 죽은 게 아니었다.

그저 몬스터에게 끌려갔을 뿐이다.

어두운 숲 속으로…….

그리고 탐사대 일행은 몬스터들이 왜 굳이 죽이지 않고 그런 번거로운 짓을 했는지 알게 되었다.

숲 속으로부터 들려오는 끔찍한 비명 소리.

그것이 말해주는 것은 단 하나였다.

산 채로 끌고 가 잔인하게 잡아먹는 의미였다.

단순히 죽음으로 끝나는 것이 아니라, 시신조차 남기지 못하게 되는 것이다.

게다가 모습이 보이지 않으니, 얼마나 잔인한 광경이 벌어지는지 머릿속으로 상상이 끝도 없이 펼쳐졌다.

살점이 뜯겨지고, 흘러나온 내장을 잘근잘근 씹어 먹는 모습…….

인간의 상상력이란 재능이 이럴 때는 오히려 부정적인 효과를 발휘했다.

저마다 자신이 생각할 수 있는 최악의 모습을 머릿속에 그려냈다.

"정신 차려! 일단 이곳을 빠져나간다!"

탐사대 경호를 책임지고 있는 하정수는 사람들이 공포에 빠져 아무것도 못하게 되기 전에 고함을 질렀다.

그대로 놔두었다가는 정말 죽도 밥도 안 되는 상황이 벌어질 것이다.

하정수 팀장의 의도가 먹혔는지, 헌터들은 곧 정신을 차렸다.

하지만 아직 위기는 끝난 것이 아니었다.

몰려드는 몬스터들의 수는 시간이 흐를수록 점점 늘어만 갔다.

† † †

"정신의 방에서 마법을 수련하는 것과 실전은 다르다. 더욱 정신을 집중해라."

제라드는 마법사라면 가장 먼저 떠올리는 파이어 볼을 준비하는 정진에게 주의를 주었다.

파이어 볼은 3클래스 마법으로, 사실상 몬스터를 상대할 때 가장 많이 사용되는 공격 마법이었다.

2클래스에 매직 볼트가 있긴 하지만, 사실 공격 마법이라 하기에는 문제가 많았다.

그 위력이라는 것이 아주 볼품없어 고작 전기 충격기 정도에 지나지 않기 때문이다.

원거리에 있는 생명체에 전기 충격을 줄 수 있다는 장점은 있지만, 살상력은 거의 없는 것이나 마찬가지였다.

그래서 살상 목적의 마법은 사실상 3클래스부터라고 할 수 있었다.

물론 1클래스나 2클래스 마법 중에서도 사용하기에 따라 사람의 생명을 위협할 수 있는 마법은 존재했다.

그렇지만 그런 마법들은 모두 부가적인 조건이 충족되었을 때만 가능하지, 마법의 성질 자체에 살상력이 있는 것은 아니었다.

제라드는 정진의 마나 서클이 세 개가 되자 바로 3클래스 공격 마법인 파이어 볼을 수련시켰다.

물론 정진은 이미 한참 전에 정신의 방에서 젝토르에게 파이어 볼을 배웠다.

그렇기에 정진은 별다른 생각 없이 마법을 시전하였다.

하지만 생각과 다르게 파이어 볼은 생성되지 않았고, 결국 마법은 실패했다.

마법이란 것은 이론을 안다고 해서 사용할 수 있는 게 아닌 법.

제라드는 그런 점을 깨닫게 해주기 위해 일부러 아무것도 알려주지 않은 채 지시를 한 것이었다.

정진은 부끄러운 마음이 들었다.

과거 아무것도 가진 게 없어 좌절하던 자신의 모습을 잊고, 어느새 마법을 익힌다는 자만심에 스스로를 망각한 것이었다.

사실 정진 스스로가 생각하기에도 자신이 잘난 점은 하나도 없었다.

지금이야 운 좋게 제라드와 인연이 생겨 마법을 배우고 있지만, 만약 그러지 못했다면 여전히 밑바닥 인생을 살아가지 않았겠는가.

그렇게 생각해 볼 때, 마법을 배우는 데 있어서 한 치의 소홀함도 있어서는 안 될 일이었다.

정진은 다시 정신을 집중하고 심기일전하여 파이어 볼을 시전하였다.

화르륵.

그러자 오른손 위로 손바닥 크기의 불덩어리가 떠올랐다.

하지만 정진은 전혀 동요하지 않고 전면에 있는 바위를 향해 던졌다.

10m 정도 떨어진 곳에 위치한 바위 위로 파이어 볼이 정확하게 내리꽂혔다.

쾅!

직후, 요란한 소리가 터져 나왔다.

하지만 소리에 비해 그리 큰 위력은 없었는지, 목표인 바위에 별다른 흔적을 남기지 못하고 사라졌다.

정진은 내심 실망감이 들었다.

'생각보다 파이어 볼의 위력이 대단한 것은 아닌가 보구나.'

실망하는 정진과 달리 제라드는 고개를 끄덕였다.

"첫 실전치고는 잘했다. 다만, 마지막까지 정신을 집중하는 것을 잊지 마라."

"알겠습니다."

정진은 제라드의 위로에 긍정적으로 생각하기로 했다.

자만하던 자신을 되돌아볼 수 있게 해준 것만으로도 나름의 수확은 거둔 셈이었다.

앞으로는 그런 실수를 하지 않겠다는 결심을 되새겼다.

"이제 다른 것도 차례대로 시전해 봐라."

제라드가 정진의 심장을 들여다보며 말했다.

정진의 심장에 구성된 서클은 아직 안정되지 않은 상황.

그렇지만 갓 3서클을 이룬 것보단 많이 나아진 상태였다.

그렇기에 제라드는 정진의 서클이 안정적으로 확립될 때까지 착실하게 몰아붙였다.

사실 3서클을 만들었다고 3클래스 마법을 무한정 시전할 수 있는 것은 아니었다.

서클에 담긴 마나가 모두 소비된 뒤에도 무리하게 마법을 시전하려고 했다가는 형성된 서클이 파괴되는 끔찍한 결과를 초래할 수도 있다.

그렇기에 제라드는 정진의 심장을 살펴 상태를 확인하며 최대한 많은 마법을 시전하게 했다.

무릇 그릇은 비워야 채울 수 있다는 말처럼 마법사의 서클도 마찬가지였다.

비우고 채우기를 반복하면서 서클을 단련시키는 것이다.

그래야 서클을 형성하는 마나가 단단하게 결속하면서도 유연함을 잃지 않게 되기 때문이다.

마나는 무조건 많이 쌓는다고 좋은 것이 아니었다.

일정 이상 쌓인 마나는 고리를 만들어 회전시키며 흐름을 이어 나가야 한다.

마나가 본래 성질대로 흩어지는 것이라 인식을 시키면서 마나 홀 주변을 맴돌게 하는 것.

그 마나의 고리가 안정을 찾아 고착화되면 서클이 완성되는 것이었다.

그리고 정신력을 높여 다시 마나 홀에 마나를 쌓아 새로운 서클이 만들어질 조건이 충족되면 다시 마나를 속여 새로운 고리를 만든다.

이런 과정을 반복하며 서클을 늘려가는 것이 마법사의 성장이라 할 수 있었다.

또한 마법사의 몸은 그런 마나에 적응함으로써 마법의 반작용에 신체가 상하지 않게 된다.

사실 마나는 인간의 생명력에 좋은 영향을 주기도 하지만, 지나치면 몸에 무리를 줄 수 있다.

적당히 쌓으면 세포 활동도 활발해지고 생명력이 넘치지만, 마나의 농도가 감당할 수 없을 정도로 짙어지면 결국 세포는 괴사해 버린다.

바다에 살고 있는 어류도 염도가 너무 진한 사해에서는 살지 못하는 것과 같은 이치였다.

그래서 제라드는 정진의 상태를 지켜보며 서클이 파괴되기 직전에 수련을 중지시키며 마법 숙련도를 높여갔다.

이렇게 해야 보다 많은 마나를 서클과 마나 홀에 쌓을 수 있기 때문이다.

젝토르와 제라드는 자신들의 삶이 얼마 남지 않았다는 것을 알고 있다.

그렇기에 마도를 계승하는 정진에게 열과 성을 쏟아붓고 있었다.

처음에는 그저 의무를 다하기 위해 가르침을 펼쳤지만,

놀라울 만큼 뛰어난 정진의 재능을 발견한 뒤로는 태도가 바뀌었다.

그저 아케인 마도의 전승만이 아니라 진정한 마도의 부흥을 이끌어낼 존재로 키워내고 싶다는 욕심이 생긴 것이다.

이미 기본적인 마법 이론은 다 배운 상태.

이제는 실제로 마법을 시전함으로써 정신과 육체의 수준을 맞춰 나가야 했다.

"그만. 이제 다시 소비한 마나를 채워라."

제라드는 한계까지 소모하여 정진의 마나 홀이 비워진 것을 보고 지시를 내렸다.

그제야 정진은 마법 시전을 멈추고 제자리에 가부좌를 틀고 앉았다.

그러고는 양손을 아랫배 부근에 모은 다음 눈을 감았다.

제라드는 정진이 왜 저런 불편한 자세를 취하는 것인지 의아했다.

그로서는 저 자세가 도무지 편해 보이지가 않은 것이었다.

그러나 어쨌든 빠르게 주변의 마나가 모여드는 것을 보며 그러려니 했다.

그렇게 한동안 정진이 마나를 쌓아가는 모습을 지켜보던

제라드는 이해할 수가 없었다.

분명 자신이 보기에 정진의 자세는 무척이나 불편했다.

다리를 꼬고 앉아 있는 모습을 보고 있노라면, 이미 인간의 육체를 버리고 리치가 된 자신마저도 다리가 쑤실 것만 같았다.

그런데 이해할 수 없는 것은, 그런 불편한 자세임에도 너무도 편안한 정진의 표정이었다.

뿐만 아니라 마나를 인도하는 빠른 속도와 더불어 축적하는 양 또한 자신이 알고 있는 방법보다 뛰어났다.

제라드는 분명 자신이 알고 있는 마나 심법을 정진에게 알려주었다.

그러니 마나 홀에 마나가 쌓이는 정도를 제라드도 잘 알고 있었다.

그런데 정진이 마나 심법을 운용하는 모습을 지켜보면 상식을 벗어난 현상을 보이고 있기에 놀라지 않을 수 없었다.

하지만 제라드가 알지 못하는 것이 하나 있었다.

사실 지금 정진이 보여주는 모습은 제라드가 알려준 방법이 아니었다.

정진은 자신이 알고 있는 기 수련법과 마나 심법이 많이 닮아 있다는 것을 깨닫고 함께 운용을 해보았다.

역시나 예상처럼 그냥 마나 심법을 운용하는 것보다 마나 홀에 마나를 받아들이는 양이 더욱 늘었다.

이는 기 수련법이 마나 심법에 비해 축기와 운기가 더욱 체계적이었기 때문이다.

사실 기나 마나는 그 이름만 다를 뿐이지, 둘 다 자연의 생명 에너지를 지칭하는 명칭이었다.

이곳 뉴 어스는 마나가 풍부해 심법만 운용해도 충분히 많은 마나를 모을 수 있는 데 반해 지구는 그렇지 않았다.

오래전의 지구도 과학이 발전하기 전에는 자연의 생명 에너지가 풍부했지만, 뉴 어스만큼은 아니었다.

그러니 기 수련을 하는 사람들은 보다 많은 기를 몸에 쌓기 위해 체계적인 연구를 해왔다.

하지만 그렇게 발전해 온 심법들은 비인부전이라 하여 아무에게나 가르쳐 주지 않았다.

그러다 보니 많은 심법들이 세월이 지나면서 사장되었다.

하지만 그중에서도 대중적이고 비교적 어렵지 않은 심법들은 단전호흡이니 하여 명맥을 이어올 수 있었다.

정진도 이러한 호흡법 중에서 하나를 배울 수 있었다.

당시만 해도 그저 반신반의했는데, 어차피 돈도 없는데 몸이라도 건강하자는 생각에 학교에서 익힌 것이었다.

사실 정진은 제라드에게 마나 심법을 배우기 전에 이미 단전호흡의 효과를 본 적이 있었다.

처음 뉴 서울에서 나와 흰머리산으로 향하는 여정 첫날, 자연에 심취해 자신도 모르게 단전호흡을 행했다.

치기 어린 호연지기였지만, 그로 인해 심신의 활력을 느낄 수 있었다.

사실 정진은 알지 못했지만, 그때 뉴 어스의 마나는 정진의 단전에 축적되었다.

그러한 이유 때문에 제라드가 알고 있는 마나 심법과는 조금 다른 양상을 띠면서 마나가 자리를 잡았다.

심장의 마나 홀은 물론이고, 하복부의 단전에도 마나가 축적되는 것이었다.

더욱이 단전에 쌓이는 마나는 특이하게도 흩어지려는 움직임이 없었다.

아니, 움직이기는 하는데, 몸 밖으로 나가려는 것이 아니라 혈맥을 타고 몸 전체를 돌아 다시 단전으로 돌아오기를 반복했다.

사실 이는 정진도 인식하지 못하고 있는 일이었다.

단전의 마나는 전신을 돌면서 그동안 잘못된 식습관으로 몸에 쌓인 독기를 배출했다.

더욱 공교로운 점은 정진이 현재 주어진 환경 때문에 억지로 단식 아닌 단식을 하고 있는 상황과 맞물려 시너지 효과를 내고 있다는 것이었다.

요가를 수행하는 요기들은 몸을 정화하기 위해 주기적으로 단식을 한다.

이는 과학적으로도 증명이 된 것으로, 단식이라고 해서 무턱대고 음식을 끊는 것이 아니라 차근차근 몸에 무리가 가지 않게 음식의 양을 조절하면서 최종적으로는 일정한 기간 동안 일체 음식을 입에 대지 않는 것이다.

그러다 몸이 정화가 되었다고 생각될 때, 다시 조금씩 음식의 양을 늘려가면서 회복을 한다.

이렇게 주기적으로 단식을 함으로써 요기들은 몸을 정화하고 정신을 수련하여 우주의 에너지를 몸에 축적하는 것이다.

그런데 정진은 그들처럼 단식이나 요가 수행을 체계적으로 배운 것은 아니지만, 살아남기 위해 한정된 식량을 나눠 최소한의 식사를 하는 중이었다.

그러다 단전호흡과 마나 심법을 수행함으로써 자연의 생명 에너지를 쌓게 되었고, 요기들이 수행하는 것 이상의 효과를 보게 되었다.

지금까지 살아오면서 쌓인 독기가 기연을 통해 정화되고 있는 것이었다.

그러다 보니 정진은 요즘 들어 이틀에 한 끼 정도만 먹고도 허기를 느끼지 못했다.

물론 제라드가 펼쳐 놓은 마나 집적진 덕분에 더욱 많은 효과를 보는 것은 당연한 일이었다.

하지만 그런 점을 감안한다 해도 현재 정진이 보여주는 성취는 놀라운 것이었다.

정진은 마나 심법을 통해 서클과 마나 홀에 마나가 가득 차자 다시 마법 수련에 돌입했다.

제라드의 지시가 없음에도 자신이 해야 할 일이 무엇인지 깨달은 듯한 모습이었다.

그렇게 한동안 마법을 수련하던 정진은 다시 마나 소모가 한계에 이르자 알아서 마나 심법을 운용하였다.

'더 이상 지켜볼 필요는 없겠군.'

정진이 알아서 마법 수련을 하는 모습을 지켜본 제라드는 더 이상 지시를 할 필요성을 느끼지 못한 듯 젝토르에게 향했다.

Chapter 5

완드를 만들다

"으악!"

"어디 가는 거야!"

"자리를 지켜라!"

하정수는 탐사대를 버리고 도망치는 헌터들을 보며 고함을 내질렀다.

하지만 헌터들에게 그런 하정수의 말을 듣고 있을 정신이 없었다.

이 자리에 있다가는 언제 목숨을 잃을지 알 수 없는 노릇이기 때문이었다.

사실 헌터가 임무를 저버리고 도망을 치면, 그걸로 끝이었다.

자격을 박탈당하는 건 당연지사고, 사안에 따라 법적책임을 져 사형에 처해질 수도 있었다.

하지만 공포에 질려 지금 그들은 제대로 판단을 내리지 못했다.

그저 흰머리산 캠프로 도망치는 데 정신이 없었다.

— 팀장님, 더 이상 몬스터들을 막을 수가 없습니다! 어떻게 합니까?

하정수가 도망치는 헌터들을 불러들이려 고함을 지르고 있을 때, 경호팀 소속 아머드 기어 오너인 박동춘의 다급한 무전이 날아들었다.

'젠장!'

하정수는 가뜩이나 정신이 없는데 심기를 불편하게 만드는 무전까지 들려오자 미칠 지경이었다.

그로서는 어디서부터 일이 잘못된 것인지 알 수가 없었다.

분명 척후를 담당한 헌터가 주변에 몬스터가 없다고 해서 이곳으로 들어왔다.

하지만 현재 탐사대는 몬스터들에게 둘러싸여 전멸당할 위기에 처해 있었다.

"팀장님! 어서!"

하정수가 결정을 내리지 못하고 생각을 하고 있을 때, 옆에서 지시를 기다리던 김용권이 다급하게 그를 불렀다.

아머드 기어 오너인 그는 현재 아머드 기어를 타고 있지 않았다.

흰머리산 캠프의 방책이 지진에 의해 무너져 그곳의 방어가 불리해졌다.

그 때문에 캠프를 던전 안으로 옮기고, 또 경비를 위해 탐사대 경호팀이 가지고 있던 아머드 기어 두 기를 캠프 경비대에 넘겼다.

어차피 뉴 서울 캠프로 돌아가는 것이기에, 몬스터 무리를 최대한 피해가면 된다는 판단으로 척후를 볼 헌터를 지원 받는 대신 캠프의 안전을 위해 아머드 기어 두 기를 박용식 캠프 경비팀장에게 인계한 것이었다.

경호팀 팀장인 하정수가 두 기의 아머드 기어를 흰머리산 캠프에 남기기로 결정을 내린 이유는, 사실 싱크홀이 생길 때 휩쓸린 두 기의 아머드 기어를 빼내기 위해선 상당한 기일이 필요했기에 어쩔 수 없는 일이기도 했다.

아머드 기어 오너였던 박동춘은 지금 경호팀 부팀장의 역할을 맡고 있었다.

"일단 북서쪽이 그나마 포위망이 얇으니, 그쪽을 공략해 뚫고 탈출한다."

"알겠습니다."

"그런 후 이곳 바위산 기슭에서 집결한다."

하정수는 조잡한 지도를 꺼내 김용권에게 설명하며 탈출로를 설정하였다.

그러는 사이, 조사관들이 있는 곳에서도 난리가 났다.

그들은 흰머리산 던전 캠프에서 출발할 때까지만 해도 한껏 들떠 있었다.

그도 그럴 것이, 흰머리산에 있던 던전은 정말이지 노다지였다.

클랜에도, 그리고 노태 클랜에 속한 조사관들에게도 말로 형언할 수 없는 보고였던 것이다.

돈이 될 만한 아티팩트가 많이 발견된 것은 아니지만, 뉴어스의 생활을 유추할 수 있는 서적을 많이 발견했다.

그렇기에 아티팩트만큼이나 비싸게 팔려 나갈 것이라 예상되었다.

그것만 해도 기대하던 수익만큼을 벌어들일 수 있을 것인데, 그게 끝이 아니었다.

타이탄이라 명명한 대몬스터 병기.

그것은 정말 획기적인 발견이라 할 수 있었다.

이번 흰머리산 던전 발굴에 참여한 조사관들에게 막대한 부와 더불어 명예까지 가져다줄 것이 분명했다.

그렇게 장밋빛 미래를 꿈꾸며 캠프를 떠나왔는데, 고작 하루하고 반나절 만에 그 꿈이 산산조각 났다.

어디서 나타난 것인지 모를 몬스터들에게 둘러싸여 순식간에 위기에 처한 것이다.

설상가상으로 탐사대를 보호해야 할 헌터들 중 상당수가 자신들을 버리고 도망쳤다.

"으악!"

던전에서 발굴한 유물을 실은 수레에 올라타 있던 조사관 중 한 명이 몬스터가 휘두른 짧은 창에 찔리며 비명을 질렀다.

윤문수를 비롯한 조사관들은 옆에서 들려온 동료 조사관의 비명 소리에 정신이 나가 버렸다.

그들은 지금의 상황이 도무지 믿겨지지 않았다.

지금껏 안전한 연구실에서 살피던 시체 상태의 몬스터와 이곳 뉴 어스에서 흉흉한 눈빛으로 덤벼드는 몬스터 간의 괴리감 때문에 적응을 하지 못하는 것이었다.

때문에 그들은 서둘러 움직여야 함에도 공황 상태에 빠져

허둥지둥했다.

사실 흰머리산으로 이동할 때 부아칸의 습격을 경험하였으니 충분히 경각심을 가져야 했다.

하지만 특권의식에 젖은 그들은 오로지 헌터들에게 자신들의 안전을 의지했다.

자신의 목숨은 스스로 지켜야 한다는, 가장 기본적인 개념조차 탑재하지 못한 것이다.

이곳은 뉴 어스, 적자생존의 법칙이 철저히 지켜지는 곳이었다.

그런 곳에서 자신의 목숨을 남에게 맡긴다는 것은 결국 살아갈 자격이 없다는 말과 다를 게 없었다.

이는 뉴 어스를 처음 접하는 이라면 누구나 겪는 통과의례이기도 했다.

일확천금을 노리고 뛰어드는 초보 헌터나, 뉴 어스를 연구하여 부와 명성을 얻으려는 학자들이나 예외는 없었다.

그리고 지금, 흰머리산 던전 탐사대 역시 그런 냉정한 현실을 몸으로 직접 겪고 있었다.

하정수 팀장은 위급한 상황에서도 어떻게든 조사관과 그들이 타고 있는 수레를 지키려고 노력을 하였다.

하지만 탐사대 책임자인 윤문수와 조사관들이 넋을 놓고

있는 모습에 한숨이 절로 나왔다.

하정수는 지금이 결단을 내려야 할 때라 생각했다.

이미 탈출로를 개척하라는 지시를 내리기는 했지만, 저런 상태의 조사관들을 데리고 탈출한다는 것은 불가능했다.

만약 조사관들이 일꾼들처럼 최소한의 방어적인 행동만 보여줬더라도 그와 같은 생각을 하지는 않았을 것이다.

비록 조사관들이 클랜에 아주 중요한 자원이라지만, 무리해서까지 지켜야 할 존재는 아니었다.

희생도 그만한 가치가 있을 때나 감수할 수 있는 노릇.

저렇게 멍하니 넋을 놓고 있는 조사관이라면 구해줄 가치가 전혀 없었다.

이후에도 발목을 잡아챌 소지가 분명하기 때문이다.

클랜에서도 이런 경우에는 헌터의 안전을 우선하도록 규정되어 있었다.

아무리 조사관들이 중요한 지위를 갖고 있다지만, 무사히 복귀할 수 있다는 보장도 없는 상태에서 또 다른 귀중한 인적자원인 헌터를 희생시키는 것은 클랜 입장에서 본다면 더욱 큰 손실이었다.

그 때문에 노태 클랜뿐만 아니라 모든 헌터 클랜에서는 한 가지 지침을 설정했다.

정말 어쩔 수 없는 위급한 경우에 한해서는 아티팩트를 분실하거나 다른 일행의 희생을 감수하더라도 헌터 스스로의 안전에 최선을 다하라고.

"뭐하고 있습니까? 어서 움직여!"

그렇지만 하정수는 아직은 아니라고 생각했다.

그는 차마 조사관들을 버린다는 선택을 내릴 수가 없던 것이다.

자신이 맡은 임무는 탐사대의 보호.

벌써부터 저들을 버린다면 앞으로 비슷한 일이 생길 때마다 냉정히 상황을 파악하기보단 손쉽게 동료나 부하들을 버릴 것만 같아 판단을 유보했다.

"뭐하나, 거기! 수레를 끌고 헌터들의 뒤를 따르지 않고!"

하정수의 호통에 당황하여 어쩔 줄 몰라 하고 있던 일꾼들이 수레를 밀기 시작했다.

그 와중에도 하정수는 전투력이 약한 조사관과 일꾼들에게 달려드는 몬스터를 막아내며 헌터들에게도 적절한 지시를 내렸다.

한편, 하정수의 지시를 받아 포위망이 얇은 북서쪽으로

방향을 잡은 박동춘은 몬스터들의 포위망을 뚫고 달렸다.

그의 뒤로는 동료 헌터들과 조사관들을 실은 수레가 따랐다.

이들의 발걸음을 잡기 위해 붉은 피부의 몬스터들이 필사적으로 무기를 휘두르며 막아섰지만, 대몬스터 병기인 아머드 기어와 스켈레톤 슈트로 무장한 헌터들을 막을 수는 없었다.

캬악! 캬캬캭!

포위망을 빠져나가는 탐사대의 뒤에서 몬스터들이 괴성을 질러 댔다.

제 발로 들어온 먹이가 도망친 것에 대해 화가 난 것인지 괴성 속에는 흉성이 가득 담겨 있었다.

끝내 분을 참지 못한 듯 몬스터들은 쥐고 있던 무기를 땅에 내동댕이쳤다.

타다다닥, 탁탁.

"후욱… 후욱……."

이정진은 밀림 속을 급하게 달렸다.

우꺄꺄꺄!

저 멀리 뒤쪽에서 몬스터의 괴성이 아스라이 들려왔다.

몬스터와는 상당한 거리를 벌린 듯하였다.

"휴……."

이정진은 일단 뛰는 것을 멈추고 숨을 골랐다.

그는 몬스터의 습격에 정신없이 도망을 쳤지만, 무턱대고 내달린 것은 아니었다.

흰머리산 캠프를 출발할 때부터 이미 뉴 서울로 가는 방향은 숙지한 상태였다.

자신이 받은 의뢰 때문에라도 이정진은 탐사대와 함께할 수가 없었다.

원래 예정은 그렇지 않았지만, 던전에서 타이탄이 발굴되면서 계획 수정이 불가피해졌다.

더욱이 정부에 불량 클랜이라 의심 받고 있는 노태 클랜이다 보니 중간에 뭔가 수작을 부릴 것이 분명했고, 역시나 예상대로 탐사대를 몬스터의 아가리로 인도하였다.

이정진은 이런 사태를 사전에 예상하였기에 혼란한 틈을 타 주저 없이 몸을 뺐다.

하지만 진정한 위기는 이제부터 시작이었다.

뉴 어스의 밀림은 언제 어디서 무슨 일을 당할지 모르는, 무척이나 위험한 곳이다.

주위엔 위험한 짐승과 몬스터가 우글거렸다.

인류가 첫발을 내디딘 후 많은 시간이 흘렀지만, 아직도 뉴 어스의 생태는 밝혀지지 않은 것이 더욱 많았다.

그런 만큼 매사에 경각심을 갖고 주의를 기울여야 했다.

당연히 이정진으로서는 흰머리산 캠프로 돌아갈 수도 없었다.

범을 피한답시고 늑대 굴로 다시 들어갈 수는 없지 않은가.

노태 클랜의 박용식이 자신을 살려줄 거라는 기대는 애당초 하지도 않았다.

아니, 탐사대의 움직임을 보면 흰머리산 캠프에 남아 있는 박용식이 꾸민 일이 분명해 보였다.

탐사대의 안전을 위해 동원된 아머드 기어의 숫자를 줄인 것도 그가 한 일이고, 아머드 기어 대신 충원되었다가 몬스터 습격이 발생하자마자 도망친 헌터들도 바로 박용식의 부하들이었다.

그것만 봐도 충분히 박용식을 의심해 볼 만한 일이었다.

아니, 예전부터 들려온 소문을 통해 박용식이란 인간을 평가해 보자면 당연한 의심이었다.

그러니 이정진은 어떻게 해서든 혼자 힘으로 일주일 이상 떨어져 있는 뉴 서울로 돌아가야만 했다.

척척!

디리릭!

이정진은 자신이 착용하고 있던 스켈레톤 슈트를 벗었다.

짐을 나르는 데야 스켈레톤 슈트가 도움되겠지만, 지금 밀림에 홀로 고립된 상태에서는 자신이 준비한 전용 파워 슈트를 착용하는 것이 더 현명했다.

원래 헌터인 이정진은 자신의 전용 파워 슈트를 따로 가지고 있었다.

정부의 의뢰를 받아 정체를 위장하긴 했으나 자신의 목숨을 지키기 위해 파워 슈트를 챙기는 것은 필수였다.

그로서는 가급적 그럴 일이 없었으면 했지만, 어떻게 된 일인지 매 의뢰 때마다 파워 슈트를 사용하지 않을 수가 없었다.

파워 슈트는 무한정 사용할 수 있는 물건이 아니었다.

한 번 사용할 때마다 에너지원인 마정석이 들어가는 것이다.

마정석은 비싸다.

경제적으로 많은 비용 소모가 발생한다.

당연히 수익이 줄어들 수밖에 없는 것이다.

"정말 이번 의뢰는 손해가 막심해. 젠장."

이정진은 한탄하듯 중얼거리며 파워 슈트를 착용하였다.

탁!

“음, 상태는 생각보다 양호하군. 오른쪽 어깨 부분만 좀 손보면 되겠는데… 이번에 돌아가면 A/S를 받아야겠어.”

지난번 의뢰를 끝내고 귀찮아 정밀 검사를 하지 않았더니 오른쪽 어깨 부위의 상태가 조금 좋지 못했다.

시험 삼아 한 번 휙휙 어깨를 돌려보니 당장 사용 못할 정도는 아니지만 움직임이 조금 제한되는 것이 느껴질 정도여서 썩 좋다고는 할 수 없었다.

하지만 현재 자신의 처지로서는 그것만도 감지덕지였다.

목숨을 걸고 일하는 직업을 가지고 있으면서 감히 방심을 한 대가치고는 그나마 다행이라는 생각을 하며 이번에는 파워 슈트 허리에 착용한 무기를 점검하였다.

부웅!

이정진이 사용하는 무기는 낭창낭창한 연검이었다.

한 번 휘둘러 보고 고개를 끄덕인 이정진이 살짝 조작을 하자 연검이 작은 소리를 내기 시작했다.

그것은 연검의 검신이 빠르게 떨리면서 내는 소리였다.

마치 벌의 날갯짓 같은 소리.

만약 헌터들이 그것을 봤다면 눈을 뒤집고 달려들 정도로 고가의 장비였다.

독일의 유명한 검장(劍匠)이 만든 무기로, 단단하면서 유연한 것은 물론이고, 마정석을 이용한 초고주파의 진동을 통해 걸리는 모든 것을 잘라낼 정도로 예리한 검날이 특징적이었다.

"다행히 이건 제대로 작동을 하는군. 하지만……."

이정진은 자신의 주력 무기인 고주파 소드를 살피다 살짝 인상을 찡그렸다.

고주파 소드의 성능에는 아무런 문제가 없지만, 이번엔 에너지 잔량이 문제였다.

고주파 소드를 사용하기 위해선 에너지가 필요한데, 그 에너지 잔량이 이곳에서 뉴 서울까지 가는 데 충분하지 않을 것 같아 보인 것이다.

만약 에너지가 떨어지게 되면 고주파 소드는 그저 잘 만들어진 연검에 불과할 뿐이었다.

이정진은 이번 의뢰를 무사히 마치게 된다면 다시는 귀찮다고 장비 점검을 뒤로 미루지 않겠다고 다짐했다.

"이제 가볼까. 뭐, 최대한 교전을 피하면 되겠지."

이정진은 고주파 소드의 에너지 잔량을 다시 한 번 확인하고는 허리춤에 착용하고 자리를 떠났다.

그 와중에도 그의 눈과 감각은 날카롭게 주변의 위험을 살폈다.

그렇게 이정진은 탐사대와는 다른 길로 뉴 서울을 향해 움직였다.

† † †

정진은 스펠을 외치며 손을 뻗었다.

"리미테이션 파이어 레인!"

스펠이 끝나기 무섭게 정진의 정면 50m 지점, 반경 20m의 넓은 지역에 배구공만 한 불덩이들이 쏟아졌다.

콰과과광!

펑! 펑!

파이어 레인을 5클래스로 개량한 범위 제한 마법이지만, 그 효과는 마치 폭격기에서 폭탄이 쏟아져 일대를 쑥대밭으로 만드는 장면을 연상케 할 정도로 무시무시했다.

마법을 시전한 정진의 얼굴은 무척이나 밝았다.

붉게 상기된 표정이 기쁨의 감정을 여실히 내비치고 있었다.

"확실히 제라드의 말대로 서클이 자리를 잡으니 마법이

안정적으로 시전되는구나."

정진은 오른손으로 심장이 있는 부위를 만지며 중얼거렸다.

커다란 마나석 침대에서 잠을 자면서도 마나 심법을 운용했기에 정진은 짧은 기간에 마나의 고리를 다섯 개나 형성할 수 있었다.

그동안 물심양면으로 도움을 준 젝토르와 제라드의 역할이 지대했지만, 그게 전부는 아니었다.

무엇보다 결정적 원인은 바로 지구에 남겨진 가족들이었다.

자신이 뉴 어스로 간다는 사실 하나만으로도 많은 걱정을 하던 가족들을 위해 정진은 정말로 죽기 살기로 마법에 매달렸다.

위험한 몬스터가 가득한 뉴 어스에서 사랑하는 가족의 품으로 돌아가기 위해선 무엇보다 무력이 중요했다.

마침 이곳 아케인 아카데미에는 자신이 필요로 하는 힘이 있었다.

또한 그것을 온전히 익힐 수 있게 가르쳐 줄 훌륭한 스승들이 존재했다.

이런 조건들이 맞물려 한 명의 마법사로 오롯이 자리할

수 있는 5클래스 마법사의 경지에 오를 수 있었던 것이다.

한편, 정진이 자신만의 수련에 빠져 있을 때, 아카데미의 한쪽에선 젝토르와 제라드가 심각한 표정으로 토론을 하고 있었다.

[한계가 얼마 남지 않았어.]

[얼마나 남은 거지?]

[길어야 몇 개월이야. 그전에 정진의 경지를 한 단계 이상 끌어 올려야 해.]

[그건 불가능하다. 너도 알지 않나. 지금 정진이 이룩한 경지만 해도 아케인 역사에 길이 남을 일이다.]

제라드는 언제부터인가 자신보다 더 조급해하는 젝토르를 지켜보며 안타까운 마음이 들었다.

위대한 마도사의 경지에 오르고도 주어진 의무 때문에 스스로 영혼을 소울 스톤에 봉인한 젝토르.

자신이 9클래스 마스터로 오르는 길목에서 좌절할 때 위로를 해주었고, 리치가 되었을 때도 존재를 부정하지 않고 끝까지 함께한 존재였다.

그런 젝토르가 있었기에 제라드는 아직까지 영혼이 마기에 물들지 않고 타락하지 않을 수 있었다.

그런데 지금 젝토르가 흔들리고 있었다.

자신에게 주어진 의무를 다 하지 못할 것이란 두려움에…….

제라드는 걱정이 되는 한편 안타까웠다.

시간만 넉넉하다면 의무를 완수하고 영혼의 안식을 얻을 수 있을 텐데, 이번에도 시간은 자신들의 편이 아니었다.

예전 자신이 그랬고, 지금은 젝토르가 그러하였다.

자신은 의무를 수행하기 위해서라도 9클래스 마스터가 되어야 했지만, 수명이 다 되어 어쩔 수 없이 흑마법에 손을 댔다.

리치가 되어 자연의 법칙을 거스르면서까지 생을 유지한 것이다.

하지만 그것도 이젠 한계에 다다랐다.

오랜 기다림 속에서 유일하게 인연을 맺은 정진은 빠른 속도로 성장하고 있었다.

하지만 두 사람이 원하는 경지에 오를 때까지 지켜보는 것은 무리였다.

아케인 아카데미를 유지하는 에너지가 버티지 못할 것이기에.

사실 정진이 지금 이대로 마법 수련에 집중한다면 충분히 자신들의 염원을 이룩할 것이다.

그런데 절대자라 표현해도 감히 부족하지 않을 제라드와 젝토르가 생각지도 못한 변수가 발생했다.

그것은 대자연의 역습이었다.

그동안 잠잠하던 흰머리산의 화산이 갑자기 활동을 시작한 것이다.

화산활동은 아케인을 유지하고 있던 마력장에 영향을 미쳤다.

마그마로부터 아카데미를 보호하기 위해 대지의 무게를 지탱하던 마법진에 과부하가 걸린 것이다.

마정석의 마나가 빠르게 고갈되고 있으며, 마법진이 마력장을 유지할 수 있는 시간도 얼마 남지 않았다.

[어쩔 수 없다. 우리는 최선을 다했다.]

[알고 있어. 너와 내가 할 수 있는 모든 것을 다 했고, 지금 정진 또한 최선을 다하고 있음을. 하지만 안타까워. 조금만 여유가 있었다면 아케인 역사상 최연소 마도사가 되는 모습을 지켜볼 수도 있었는데…….]

[그래. 어쩌면 9클래스를 넘어선 초월자가 탄생했을지도.]

제라드도 젝토르의 말을 부정하지 않았다.

그가 보기에도 정진의 자질은 질투가 날 정도였다.

한때는 정진의 몸을 차지하고 싶다는 유혹에 빠지기도 했다.

하지만 그런다고 해서 제라드가 초월자의 경지에 오를 수는 없었다.

마도는 정신과 육체의 조화가 이루어져야만 경지에 오를 수 있기 때문이다.

[정진과의 약속도 있고, 이젠 그가 밖으로 나가 활동을 할 수 있게 준비를 해야 한다.]

[휴… 그래, 어쩔 수 없지. 정말이지 신이란 존재가 우리들을 또 한 번 좌절하게 만드네.].

젝토르는 결국 현실을 받아들이고 남은 기간 동안 할 수 있는 일을 하기로 마음먹었다.

자신들은 비록 소멸하겠지만, 진전을 이어받은 정진은 계속 마도를 익혀 나가야 했다.

[제라드, 그를 부탁해. 난 최대한 시간을 벌어볼게.]

[알았다. 그럼 보관소에 있는 물건들을 좀 사용하겠다.]

제라드는 젝토르에게 허가를 요구했다.

아무리 자신이 아카데미에 속한 존재라 하지만, 아카데미의 모든 것을 관장하는 젝토르의 확인이 필요한 물품에 한

해선 반드시 허가를 받아야만 했다.

이는 영혼에 종속된 문제이기에 아무리 젝토르가 소울 스톤에 매여 움직이지 못한다 하여도 제라드가 함부로 손을 댈 수 있는 것이 아니었다.

[어차피 아카데미가 무너지면 자연으로 돌아갈 물건이니, 정진을 위해 사용하는 것도 나쁘지 않겠지. 좋도록 해.]

[알겠다. 그럼 허가한 것으로 알고 가져가겠다.]

제라드는 그렇게 말하고 방을 빠져나왔다.

그런 제라드의 뒤로 젝토르가 말을 덧붙였다.

[이참에 정진이 사용할 완드도 만들어주도록 해.]

젝토르의 말을 들었는지 못 들었는지 제라드는 말없이 그저 걸음을 옮겼다.

하지만 젝토르는 자신의 말을 제라드가 모두 들었음을 의심하지 않았다.

한창 마법을 실습하고 있던 정진은 제라드가 부르자 그에게 다가갔다.

제라드는 상자 하나를 정진에게 건네주었다.

"이게 무엇입니까?"

[그건 지금부터 네 전용 완드를 만들 재료들이다.]

정진은 손에 들린 상자를 열어보았다.

그 안에는 금빛으로 빛나는 물체와 투명한 수정 조각, 그리고 나뭇가지가 들어 있었다.

정진은 상자의 내용물을 보며 고개를 갸웃거렸다.

재료만 있을 뿐, 그것들을 가공할 도구가 보이지 않았기 때문이다.

"이것으로 어떻게 완드를 만든다는 말입니까? 다른 도구는 없나요?"

정진이 생각하기에 나뭇가지에 수정과 저 알 수 없는 금빛 물체를 연결하여 완드를 만든다는 것 같은데, 지금까지 마법을 배우면서 아카데미를 돌아보았지만 마법 물품을 만들 만한 도구들을 본 기억이 없었다.

제라드는 태연하게 답했다.

[전에도 이야기했지만, 마법사는 자신이 사용할 물건은 자신이 만든다.]

"예, 전에 그렇게 말씀하셨지요."

[그럼 그때 내가 했던 말이 있을 텐데, 기억하고 있나?]

정진은 얼마 전 제라드에게 그와 비슷한 말을 들었던 것을 떠올리고는 곧바로 대답을 하였다.

"예. 마법사는 마법의 불을 사용해 도구나 아티팩트를 만든다고 했습니다."

제라드는 고개를 끄덕이며 말했다.

[잘 기억하고 있군. 그런데 왜 도구를 찾지? 마법사에겐 마법의 불이야말로 만능의 도구인데 말이야.]

"아!"

정진은 그제야 감탄성을 내며 고개를 끄덕였다.

[마정석과 크리스털을 융합하여 완드의 코어를 만든다. 그리고 여기 세계수 가지에 코어를 심으면 완드가 완성되는 것이다.]

제라드는 정진이 놀라거나 말거나 완드를 만드는 방법을 간략하게 설명했다.

제라드의 말을 듣고 정진은 그제야 상자 안에 든 마정석과 수정 조각을 바라보았다.

그런데 분명 제라드가 마정석이라고 말했지만, 상자 안에 있는 보석은 정진이 알고 있는 마정석과 많이 달랐다.

그가 알고 있는 마정석은 검붉은 색의 탁한 구슬 모양이었다.

하지만 지금 상자 안에 있는 보석은 검붉은 색이 아니라 찬란하게 빛나는 금빛을 띠고 있었다.

"이게 정말로 마정석이 맞나요? 제가 본 것은 검붉은 색에 이렇게 크지도 않고, 겨우 새끼 손톱만한 크기였는데 말입니다."

정진은 자신이 알고 있던 마정석과 상자 안의 보석을 비교하며 물었다.

제라드는 정진이 놓치고 있는 부분을 알아채고 설명을 시작했다.

[네가 말한 것은 아마도 최하급 몬스터에서 나온 마정석일 거다.]

"최하급 몬스터요?"

[그렇다. 아케인에는 마정석을 품고 있는 많은 종류의 몬스터들이 있다. 그리고 그 힘과 능력에 따라 마정석의 크기나 색깔도 다양하다.]

정신은 그 어느 때보다 더 집중하며 귀를 기울였다.

앞으로 헌터가 되어 가족들을 부양할 생각을 하고 있는 정진이기에 지금 들려주는 제라드의 말은 금과옥조와 같이 자신에게 큰 도움이 될 것이라 판단을 했기 때문이다.

확실히 정진도 대장간에서 일을 하면서 그런 비슷한 이야기를 들은 기억이 있었다.

뉴 어스에서 사냥된 몬스터의 등급에 따라 마정석의 크기도 다르다고 말이다.

등급이 높을수록 에너지가 더 풍부하고 크기도 훨씬 크다고 했다.

[지금 여기 있는 것은 몬스터의 몸에서 나온 것이 아니라 위대한 마도사의 경지에 올랐던 선배 마도사가 영혼의 안식을 맞이하고 후대를 위해 남겨준 유산이다.]

"헉! 그게 사실입니까?"

정진은 깜짝 놀랐다.

몬스터가 아닌 마도사, 즉 인간의 몸에서 마정석이 나온다는 것은 상상도 하지 못한 일이었다.

게다가 그런 마정석이 바로 자신의 눈앞에 있으니 더욱 놀랄 수밖에 없었다.

찬란하게 빛나는 것은 둘째 치고, 크기만 해도 자신의 주먹보다 더 컸다.

하지만 정진은 아직 알지 못했다.

지금 그가 보고 있는 마정석이 오랜 시간이 흐르며 마력을 소모해 작아진 크기란 것을 말이다.

[이것은 이곳 아카데미에 남은 유일한 마정석이다. 비록 오랜 세월로 인해 많은 마력이 대기 중으로 사라졌지만, 그래도 네가 사용하기에 충분할 것이다.]

이어지는 제라드의 말에 정진은 상자 안에 있는 물건이

얼마나 대단한 것인지 새삼 깨달을 수 있었다.

제라드가 하는 말을 종합해 보면, 아카데미를 지탱하고 있는 마법진에 공급되는 마나는 지금 상자에 있는 마정석과 같은 최상위 마도사들이 남긴 마정석들을 이용해 유지되고 있었다.

그런데 그런 곳에 사용되어야 할 마정석을 지금 자신의 무구를 만들기 위해 제공한다는 것이었다.

정진은 너무도 감동했지만, 사양하진 않았다.

자신에게 이런 귀중한 마정석까지 주면서 부탁하려는 것이 그만큼 어렵고 힘든 일이란 것을 잘 알기 때문이었다.

[시작해라. 내가 도움을 주겠다.]

제라드의 재촉에 정진은 얼른 자리에 앉아 자리를 잡았다.

그러고는 경건한 마음으로 마정석과 크리스털 조각을 양손에 들었다.

마법의 불을 운용하자 손에 들려 있던 마정석과 크리스털 조각이 공중으로 떠올랐다.

곧 마정석과 크리스털 조각들이 점점 붉게 달아오르기 시작하였다.

정진은 가만히 지켜보다 양손을 움직여 두 물체를 합

쳤다.

그러자 크리스털 조각이 녹아 물처럼 되었다.

그리고 여전히 붉은빛만 내고 있던 마정석이 마치 얼음덩이가 물에 빠지듯 쏙 크리스털 액체 속으로 들어갔다.

어느덧 정진의 이마에 땀이 송골송골 맺혔다.

하지만 고도의 집중을 하는 중이라 정진은 그러한 사실을 전혀 인지하지 못했다.

"음……."

가상 세계에선 많은 연습을 했지만, 실제로 마법의 불을 운용하는 것은 몇 번 연습을 하지 않았다.

제라드가 마법사의 기본이라고 수시로 연습을 하라고 하였지만, 그때는 다른 마법을 익히는 재미에 빠져 신경을 쓰지 않았다.

사실 마법의 불은 도구를 만들 때나 쓰는 것이라 생각했기에 정진은 실용성이 부족하다고 판단했다.

그에 비해 파이어 볼이나 파이어 레인 등의 마법들은 너무도 화려하고 강력한 임팩트가 있었다.

결국 정진은 지금 연습을 소홀히 했던 대가를 치르고 있었다.

아직 코어가 완성된 것이 아니기에 마법의 불을 더 유지해야 하지만, 집중력이 떨어져 마법의 불이 같은 온도를 유지하지 못하고 흔들렸다.

[집중해라. 완드의 완성은 코어에 있다. 지금 집중이 흐트러진다면 코어는 제힘을 발휘하지 못하고 금방 망가질 것이다.]

제라드의 질책에 정진은 얼른 정신을 추스르고 다시금 집중을 하였다.

그러자 마법의 불도 안정화되었다.

그렇게 얼마의 시간이 흘렀을까.

[됐다. 멈춰라.]

어느 순간, 제라드의 말이 들려왔다.

제라드의 지시대로 마법의 불을 거둬들이자, 허공에는 마치 황금빛 눈이 뜨인 것과 같은 코어가 떠 있었다.

맑고 투명한 수정 속에 금빛의 마정석이 자리하고 있는데, 그 모습은 무척이나 신비해 보였다.

정신이 완드의 코어를 취한 듯한 눈빛으로 쳐다보고 있을 때, 또다시 제라드의 목소리가 들려왔다.

[언제까지 그렇게 정신을 놓고 있을 것인가. 마법사는 언제나 냉정하게 평정심을 유지해야만 한다고 하지 않았나?]

"죄송합니다. 너무도 아름다운 코어의 빛에 매료되

어…….”

정진은 제라드에게 사과를 하면서도 눈앞에 코어의 모습이 아른거리는 듯했다.

확실히 그건 제라드나 젝토르처럼 물질의 유혹을 벗어난 경지에 들지 않는 이상 어쩔 수 없는 일이기도 했다.

[알겠다. 이번만은 그냥 넘어가기로 하겠다. 하지만 명심해라. 마법사는 어떤 순간에도 절대로 마음이 흔들려선 안 된다. 평정심을 잃게 되면 큰 파탄을 겪게 될 것이다.]

“명심하겠습니다.”

정진은 고개를 한 번 끄덕여 보이고는 다시 완드를 만드는 작업에 돌입했다.

완성된 코어를 왼손에 들고 상자에 있던 세계수의 가지를 꺼냈다.

“그로우!”

영창을 마치자 세계수 가지의 한쪽 끝이 자라나더니 지팡이 같은 모양을 띠기 시작하였다.

정진은 그런 세계수 가지에 코어를 가져다댔다.

그러자 자라나고 있던 가지가 코어를 감싸듯 움직였다.

정진은 마법으로 세계수 가지를 조절해 코어가 빠지지 않게 단단히 붙들었다.

[잘했다.]

이윽고 완드가 완성되자 제라드가 칭찬을 했다.

그는 정진이 완드를 만드는 동안에도 충고와 조언을 아끼지 않았다.

덕분에 큰 실수 없이 완드가 만들어질 수 있었다.

“휴, 감사합니다.”

정진은 그제야 안도의 한숨을 내쉬며 제라드에게 감사를 표했다.

하지만 아직 끝이 아니었다.

정진이 채 숨을 돌리기도 전에 제라드는 다음 지시를 내렸다.

[이제 마무리 작업이 남았다.]

“그게 무엇입니까?”

또 다른 작업이 남았다는 말에 정진은 고개를 갸웃했다.

[완드에 마력을 주입하고 마법을 시전해라.]

“알겠습니다.”

정진은 마법을 시전을 하려고 했지만, 곧 난관에 봉착했다.

현재 심장에 마나가 얼마 남지 않은 것이다.

그도 그럴 것이, 정진은 완드를 만들기 전부터 이곳에서 마법을 시전하며 연습을 하고 있었다.

거기에 완드를 만들기 위해 마법의 불을 운용하면서 심장에 있던 마나를 상당히 소비했다.

때문에 정진은 어쩔 수 없이 마법 중 가장 기초 마법인 라이트 마법을 시전하기로 하였다.

라이트 마법이 그나마 현재 남아 있는 마나로 안전하게 마법을 시전할 수 있는 것이기 때문이다.

"라이트!"

번쩍!

라이트 마법이 시전되자 완드의 코어에서 강력한 빛이 뿜어져 나왔다.

그와 함께 정진에게서 2m 정도 떨어진 허공에 강렬한 빛을 내는 구슬이 생성됐다.

"헉, 왜 이러지?"

정진은 평소 라이트 마법을 사용할 때 들어가는 마나를 고려해 마법을 시전했는데, 지금 발현된 마법은 그때와는 상대도 되지 않을 정도로 강렬한 빛을 뿜어내고 있었다.

"이게 어떻게 된 것이죠? 전 평소대로 마법을 운용했는데, 어떻게 이런 일이……."

정진은 원인을 알 수가 없어 제라드에게 조언을 구했다.

물론 정진이 정말 몰라서 물은 것은 아니었다.

분명 완드가 어떤 작용을 했을 것이라 짐작할 수 있었지만, 정확한 원인을 알 수 없기에 그런 것이다.

[너도 짐작하고 있겠지만, 완드가 네 마나를 증폭시켜 이런 효과가 나타나는 것이다. 그러니 앞으로는 완드를 이용하여 마법을 시전하는 연습을 해야 할 것이다. 완드를 사용하면 보다 적은 마나로도 마법을 시전할 수 있을 것이니, 넌 최적의 조건을 찾는 데 주력해야 한다.]

"알겠습니다."

정진은 제라드의 말에 고개를 끄덕이며 대답을 하였다.

그러면서 그냥 마나 홀의 서클을 이용한 마법보다 완드라는 마도구를 이용한 방법이 얼마나 효과적인지 알게 된 설렘과 자부심에 심장이 힘차게 맥동하였다.

Chapter 6

가디언을 얻다

[후읍! 하!]

오랜만에 지하의 아카데미가 아닌 지상, 그러니까 지하와 연결된 통로가 아닌 정말로 아카데미와 한참이나 떨어진 숲 속에 오게 되자 제라드는 본능적으로 숨을 깊게 들이마셨다.

하지만 리치인 자신이 자연의 숨결을 들이마실 수도, 그렇다고 내뱉을 수도 없음을 그 또한 잘 알고 있었다.

다만, 숲에 들어서면 신선한 공기와 생명력 넘치는 마나를 가슴 깊이 들이켜던 인간이었을 때의 습관이 그로 하여금 이제는 아무 의미도 없는 행동을 하게 하였다.

하지만 알고도 굳이 고치지는 않았다.

그러한 기억의 잔재들만이 자신이 인간이었음을 상기할 수 있게 해주기 때문이었다.

늦은 밤, 숲에 들어선 제라드는 잠시 동안 그렇게 밤공기를 음미하고는 마법을 시전하였다.

[디텍트!]

현재 제라드는 한 가지 목적을 위해 뉴 어스의 밀림에 나와 있었다.

아케인의 마도를 계승할 정진의 안전이 불안한 탓이었다.

원래 계획은 정진이 경지에 올라설 때까지 데리고 있으면서 가르칠 생각이었다.

하지만 운명의 장난인지 젝토르와 제라드에게는 남은 시간이 얼마 었다.

그 사실을 처음 알게 되었을 때, 젝토르와 제라드는 하마터면 마나 트러블을 겪을 뻔하였다.

조금만 더 시간이 있다면 자신들의 염원을 눈으로 확인할 수 있는데, 운명이 이를 허락하지 않았다.

갑작스런 자연의 변화가 아카데미의 소멸을 야기한 것이다.

이 얼마나 허무한 결과란 말인가.

단순히 마도를 계승하는 것뿐만이 아니라 천고의 재능을 지닌 정진으로 인해 다시 한 번 마도를 꽃피울 수 있을 거라 생각했는데…….

너무도 원통한 마음에 깊은 수양을 쌓은 두 사람조차 안타까운 마음이 절로 생길 정도였다.

사실 절대의 경지에 들어선 둘이라 해도 마나 트러블이란 영혼의 소멸에 이를 수 있는 중대한 일이었다.

아니, 그게 아니더라도 영혼에 타격을 입고 인격에 문제가 발생할 수 있었다.

만약 그런 일이 벌어진다면 뉴 어스에 살고 있는 생명체들에겐 그야말로 지옥이 펼쳐지는 것과 다를 게 없었다.

그나마 육체가 없는 젝토르는 문제될 게 그리 없었다.

하지만 리치인 제라드가 만약 영혼에 타격을 입고 인격이 바뀐다면, 치명적인 존재가 될 것이 분명했다.

오래전, 뉴 어스에 8클래스의 아크 리치가 나타난 적이 있었다.

당시 수많은 왕국들이 무너지고, 죽은 자들이 대륙을 활보하였다.

다행히 8클래스의 아크 리치는 인류의 단합된 힘 앞에 얼어붙은 동토로 쫓겨갔다.

그런데 지금은 왕국들도 없고, 신을 섬기는 자들도 사라졌다.

더욱이 제라드는 8클래스가 아니라 9클래스 마스터였다.

리치가 될 때 이미 9클래스 익스퍼트였고, 오랜 세월이 흘러 이제는 9클래스 마스터의 데미 리치가 되었다.

그런 제라드가 이성을 잃고 본능만 남은 아크 리치가 된다면, 말 그대로 재앙이었다.

물론 그렇게 될 일은 절대 없을 테지만, 그만큼 제라드와 젝토르가 느끼는 실망감이 크다는 것이었다.

어쨌든 두 사람은 곧 정신을 차리고 남겨진 시간을 보다 효과적으로 사용하기 위해 고심하였다.

이미 완드까지 만든 상황이라 더 이상 마법에 대한 교육은 의미가 없었다.

그것은 앞으로 정진이 스스로 풀어 나가야 할 문제인 것이다.

다만, 아직은 마법사로서 부족한 점이 있었다.

무엇보다 실전 경험이 없다는 것이 가장 큰 문제였다.

뉴 어스에서 살아남는다는 것은 결코 만만한 일이 아니었다.

언제 어디서 마수나 몬스터가 덮쳐들지 모르는 것이다.

그렇기에 안전을 위해 가디언이 필요했다.

비록 정진이 뉴 어스에 속한 인간은 아니지만, 마도라는 이름 아래 연결된, 아케인의 유일한 계승자였다.

그런 정진을 위해서 젝토르와 제라드는 강력한 가디언을 만들어주려 했다.

정진이 7클래스의 경지에 올랐다면 그런 걱정 따윈 하지 않았을 테지만, 현재 정진의 경지는 5클래스 유저였다.

물론 이론이야 마스터에 못지않지만, 아직은 마나의 양이 부족해 5클래스 이상을 펼칠 수 없었다.

그렇기에 젝토르와 제라드가 정진을 걱정하는 것이기도 했다.

시간만 충분하다면 아케인의 총아라 할 수 있는 기간테스를 만들어줬을 테지만, 이곳 아케인 아카데미엔 기간테스를 만들 재료도 부족할뿐더러 생산 설비도 없었다.

아카데미에 남은 재료를 가지고 만들 수 있는 것이라고는 겨우 아이언 골렘 정도가 전부였다.

제라드는 아이언 골렘을 만들 바엔 차라리 지상을 활보하는 강력한 몬스터를 잡아다 가디언을 만드는 것이 훨씬 쉽고, 또 능동적으로 지켜줄 것이라 판단했다.

그래서 이렇게 제라드가 손수 몸을 움직여 가디언이 될

만큼 강력한 몬스터를 찾는 중이었다.

움찔움찔.

바위 위에 몸을 눕힌 채 쉬고 있던 타라칸은 조금 전 자신의 몸을 훑고 지나간 느낌에 경각심을 끌어 올렸다.

지금까지 살아오면서 무엇인가가 자신을 이렇게 긴장하게 만든 경험은 몇 번 없었다.

새끼일 무렵 흰머리산 북쪽에서 변종 오거를 보았을 때나, 생사대적인 변종 트롤 부아칸과 대결을 할 때 외엔 경험하지 못한 느낌이었다.

본능을 일깨우는 느낌에 타라칸은 더 이상 편하게 바위 위에 배를 깔고 누워 있을 수가 없었다.

더욱이 그 불길한 느낌은 점점 자신이 있는 곳으로 다가오고 있었다.

그리 빠른 속도는 아니지만, 영혼의 숲 서쪽 블러드 고블린의 영역을 가로지르고, 자이언트 트롤 부아칸의 영역을 통과하며 자신이 있는 바위 언덕까지 일직선으로 다가오고 있었다.

순간, 타라칸은 자신이 선택의 기로에 서 있음을 본능적으로 알 수 있었다.

하지만 쉽게 결정할 수는 없었다.

자신을 향해 다가오고 있는 존재는 분명 본능적으로 자신을 긴장하게 만들고 있지만, 또 다른 한편으로는 결코 자신을 해치지 않을 것이란 느낌도 들었다.

참으로 알 수 없는 복잡한 느낌에 갈피를 잡을 수가 없었다.

이렇지도 저러지도 못하는 상태로 바위 위에 서서 고민하던 타라칸은 일단 위협은 없다는 느낌을 믿고 자신을 향해 다가오는 섬뜩한 존재를 확인하기로 결심했다.

타닥!

타라칸은 단숨에 거대한 바위를 박차고 밀림 안으로 내달렸다.

콰과광!

끼에엑!

영원의 숲 서쪽, 블러드 고블린의 영역이 불타고 있었다.

뿐만 아니라 그곳의 지배 종족인 블러드 고블린들이 도륙되고 있었다.

끼아악!

블러드 고블린들은 동족을 학살하는 존재에게 용감하게

달려들었다.

[다크 볼!]

펑!

달려드는 블러드 고블린을 향해 마법을 날린 제라드는 결과도 보지 않고 무심하게 걸음을 옮겼다.

그런 제라드의 모습을 지켜보는 시선이 있었다.

많은 블러드 고블린 속에서도 유난히 키가 큰 블러드 고블린이었다.

번들거리는 대머리에 커다란 귀, 그리고 쭈글쭈글 주름이 진 피부는 여느 고블린 못지않게 추한 모습이었다.

하지만 주름 밑에 숨은 교활한 눈빛은 그가 얼마나 심기가 깊은지 알 수 있을 정도였다.

지금도 눈앞에서 제라드의 손짓 한 번에 자신의 동족이 피떡이 되어 죽어가는데도 그 커다란 블러드 고블린은 부하들을 뒤로 물리지 않았다.

마치 부하들을 차례대로 소모하여 제라드의 힘을 빼놓은 뒤 최후의 결전을 벌이려는 듯 빈틈을 노렸다.

하지만 빈틈은 끝내 보이지 않았고, 오히려 부하들만 허무하게 죽어 나갔다.

블러드 고블린 족장인 토요시는 인상을 구겼다.

요즘 들어 자신의 지위를 노리는 도쿠시가 문득 생각났기 때문이다.

예전에는 자신보다 힘도, 지혜도 낮아 감히 고개도 들지 못하던 것이 어디서 뭘 잡아먹었는지 이제는 덩치가 자신과 비슷해졌을 뿐만 아니라 힘도 더욱 세졌다.

아직까지 지혜가 모자라 감히 반란을 일으키진 않았지만, 언제 그런 일이 벌어질지 몰랐다.

게다가 얼마 전부터 블러드 고블린들이 자신의 지도력을 의심하기 시작했다.

그건 바로 수중에 들어온 먹잇감을 놓친 일 때문이었다.

당시 제 발로 사냥 캠프에 뛰어들었던 호빗들을 잡지 못하고 대부분 놓쳐 버렸다.

호빗들이 강철 거인을 데리고 있어 사냥이 쉽지 않았지만, 블러드 고블린들은 그런 것은 상관하지 않고 도쿠시의 선동에 넘어가 자신을 의심하기 시작했다.

사실 블러드 고블린들의 의심은 어쩌면 당연한 것이었다.

토요시는 다른 블러드 고블린보다 배는 더 오래 살았다.

고블린의 변종인 블러드 고블린은 고블린 중에서도 가장 오래 사는 종족이었다.

그렇다 하더라도 그들의 수명은 20년을 넘지 못했다.

그런데 토요시는 블러드 고블린 중에서도 최고령인 35살이었다.

블러드 고블린의 수명보다 거의 두 배 가까이 오래 산 것이다.

더욱이 그렇게나 고령인데도 여타의 블러드 고블린보다 힘도 더 세 감히 족장이 되고자 도전을 하려는 블러드 고블린이 없었다.

젊은 도쿠시는 힘에선 이젠 족장인 토요시를 넘었다 판단하고, 이제는 지혜마저 토요시를 넘어섰다고 선동을 하고 있었다.

자신의 지혜를 내보일 수는 없으니, 토요시의 지혜가 예전만 못하다고 소문을 낸 것이다.

그리고 그 예로 제 발로 걸어 들어온 먹이를 놓친 일을 내세웠다.

뿐만 아니라 먹이가 풍부한 남쪽을 아직까지 차지하지 못하는 것에 대해서도 거론하였다.

남쪽에는 자이언트 트롤인 부아칸이 자리를 잡고 있지만, 놈은 그것을 염두에도 두지 않았다.

단지 족장의 자리를 차지하기 위해 자신을 흔드는 도쿠시로 인해 토요시는 스트레스가 이만저만이 아니었다.

그런데 이번엔 정체불명의 강력한 존재가 자신들의 영역에 침범했다.

이를 퇴치하지 않으면 분명 도쿠시는 이 문제를 걸고넘어질 것이고, 희생당한 부하의 가족들은 도쿠시의 주장에 넘어갈 것이 분명했다.

예전에야 강력한 힘을 앞세워 불만을 내보이는 블러드 고블린들을 족족 쳐 죽였지만, 이제는 그러지도 못했다.

자신 못지않은 힘을 가진 도쿠시로 인해 예전과 같이 쉽게 일을 처리할 수가 없는 것이었다.

그렇기 때문에라도 지금과 같은 참사가 벌어지면 족장의 권위를 세우기 위해 직접 나서서 자신의 건재함을 부하들에게 알려야 했다.

하지만 오랜 기간 족장의 지위를 누리면서 그는 상대의 역량을 파악할 수 있는 지혜를 가지게 되었다.

그리고 토요시의 감각은 절대 눈앞의 존재에게 몸을 드러내선 안 된다고 경고를 보내고 있었다.

지금 저 존재는 서 있는 것만으로도 온몸에 소름이 끼치게 만들었다.

본능적으로 죽음이 떠오를 정도였다.

하지만 옆에 있는 부하들은 그런 감각을 느끼지 못했다.

너무도 강력한 기운이기에 오히려 감각이 무뎌진 것이다.

태풍의 눈이 가장 고요한 것처럼 말이다.

"크륵! 족장, 계속해서 부하들만 죽일 것인가? 족장의 힘을 보여라!"

토요시의 옆에 있던 블러드 고블린 하나가 채근했다.

그러자 다른 블러드 고블린들도 토요시를 향해 출진을 종용했다.

"그렇다. 더 이상 부하들만 희생시키지 말고, 족장도 우리의 영역을 침범한 적을 상대해라!"

"상대해라!"

자신을 성토하는 말이 봇물처럼 터져 나오자 토요시의 얼굴이 붉게 물들었다.

그만큼 화가 났다는 표시였다.

예전에는 불만이 있다 해도 이렇게까지 직접 앞에서 떠들지 못했는데, 이게 모두 도쿠시 때문에 벌어진 일이다.

"알겠다. 하지만 너희도 봤겠지만, 침입자는 무척이나 강하다. 우리의 강력한 독도 듣지 않는, 정말 무서운 적이다."

토요시는 혼자 제라드를 상대하기엔 능력이 되지 않는다는 것을 잘 알기에 함께 싸울 것을 제안했다.

단순한 블러드 고블린들은 토요시의 제안에 고개를 끄덕이며 수긍하였다.

“더 이상 기다릴 수 없다! 이곳은 우리의 영역이다! 모든 부족원들은 침입자를 공격해라!”

토요시는 심장에 있는 마정석을 활성화시키며 크게 고함을 질렀다.

크와악!

워 크라이 발동!

제라드를 공격하던 블러드 고블린은 물론이고, 이제 막 전투에 돌입하려던 블러드 고블린들도 일제히 흥분하여 소리를 질러 댔다.

하지만 제라드는 변함이 없었다.

자신을 향해 독침을 쏘고, 또 알 수 없는 뼛조각으로 만든 조잡한 창을 들고 뛰어오는 블러드 고블린들을 보며 그저 무심하게 팔을 저었다.

[프로스트!]

5클래스의 냉기 마법이 펼쳐졌다.

그러자 그의 손짓에 따라 새하얗게 대기가 얼어붙기 시작하였다.

그리고 그 안에 갇힌 블러드 고블린들 또한 대기와 함께 얼어붙었다.

제라드의 마법이 얼마나 대단한지, 블러드 고블린들은 하나 예외 없이 얼음 동상이 되었다.

쩌저적!

그리고 곧 얼음 표면에 금이 가기 시작하더니, 산산이 부서져 내렸다.

이 모든 과정에는 그리 오랜 시간이 걸리지 않았다.

영원의 숲 서쪽의 패자라는 말이 무색할 만큼 블러드 고블린들은 너무나 허무하게 최후를 맞았다.

제라드는 블러드 고블린들을 처리하고 다시 길을 재촉했다.

자신의 마법에 저 멀리 있던 어떤 것이 반응을 했기 때문이다.

사실 제라드의 마법에 반응한 것은 조금 전 처리한 블러드 고블린 중에도 몇몇이 있었다.

하지만 직접 그 존재를 확인한 제라드는 기준에 미치지 못한다고 판단했다.

그래서 그냥 내버려 둔 채 또 다른 객체를 확인하러 가려 했다.

하지만 미개한 블러드 고블린은 그런 자비를 파악할 지능도 갖추지 못했다.

마치 불꽃을 보고 뛰어드는 불나방처럼 자신의 발걸음을 막아선 것이다.

안 그래도 시간이 부족한 제라드에게 시비를 거는 것은 그저 죽여 달라는 발악밖에 되지 않았다.

간단하게 블러드 고블린들을 처리한 제라드는 걸음을 옮기던 중 눈을 반짝였다.

얼마 떨어지지 않은 곳에서 강력한 마나의 향이 풍겨왔다.

강렬한 노린내와 비릿한 혈향을 함유한 것을 보면, 상당히 강한 존재였다.

물론 그렇다고 해도 자신의 상대가 될 수는 없었다.

그저 이 근방에서 보기 드물게 강렬한 느낌을 주는 몬스터일 뿐이었다.

블러드 고블린을 학살하며 시간을 지체한 제라드는 단거리 이동 마법인 블링크를 사용하여 자신의 감각에 걸려든 강력한 몬스터가 있는 곳으로 움직였다.

팟!

블링크 마법으로 인해 작은 공기의 파동이 발생했다.

번쩍!

보통 블링크는 단거리를 이동하는 마법이다.

하지만 9클래스 마스터인 제라드가 사용을 하니 단거리 이동 마법이란 말이 무색했다.

한순간 수백 미터를 뛰어넘어 이동을 한 것이었다.

한편, 자신의 영역에서 느긋하게 쉬고 있던 부아칸은 서쪽 블러드 고블린의 영역에서 요란한 소음이 들려오자 호기심이 생겼다.

그래서 무슨 일인가 알아보기 위해 영역의 경계까지 접근했는데…….

소란이 한순간에 잠잠해지더니, 갑자기 눈앞에 지금까지 한 번도 본 적이 없는 존재가 나타났다.

그로부터 풍겨 나오는 전율스런 마나의 향.

리치인 제라드가 흘러내는 암흑의 마나는 부아칸이라 할지라도 두려움에 몸을 떨게 만들기에 충분했다.

크릭!

자신보다 작은 제라드를 보며 부아칸은 공포에 질려 본능적으로 낮게 으르렁거리며 한 발짝 물러났다.

이는 지극히 정상적인 반응이었다.

제라드는 눈을 반짝였다.

그러고는 부아칸을 향해 자연스럽게 팔을 뻗었다.

부아칸은 당황하며 저항을 하였다.

제라드가 뻗은 손에 닿으면 뭔가 끔찍한 일이 벌어질 것만 같은 기분을 본능적으로 느끼고 반항을 하는 것이었다.

더불어 부아칸은 뭔가 보이지 않는 것이 자신의 몸을 속박하는 것을 느꼈다.

그 때문에 더욱 거칠게 반항을 하며 벗어나기 위해 애를 썼다.

크아앙! 크릉!

반항을 하던 부아칸은 급기야 팔을 휘두르다 손에 걸린 커다란 나무를 뽑아 마치 몽둥이처럼 마구 휘둘렀다.

쾅! 쾅!

그 모습이 무척이나 위험천만하게 보였지만, 제라드는 전혀 신경 쓰지 않았다.

부아칸이 휘두른 몽둥이는 요란한 소리를 냈지만, 제라드에게 전혀 피해를 주지 못하고 있었다.

자세히 보면 제라드 주변으로 투명한 무언가가 둘러싸여져 있었다.

그것은 바로 실드 마법의 상위 버전인 배리어였다.

9클래스인 제라드가 펼치는 마법은 저클래스의 마법이라도 상당한 위력을 보여주었다.

덕분에 부아칸의 위협은 제라드에게 아무런 타격을 입히지 못하고 있었다.

하지만 과연 한 지역의 지배자답게 그 파괴력만큼은 제라드도 관심을 갖게 만들 정도로 위력적이었다.

[무력적인 측면에선 합격점을 줄 수 있는데, 너무 본능에 치우쳐 있군.]

제라드는 부아칸의 발악을 보며 낮게 중얼거렸다.

젝토르와 자신이 생각한 가디언의 기준에 살짝 못 미쳤다.

시간이 별로 없는 관계로 많은 조작을 할 수 없는 지금 상황에서 가디언을 만들기 위해 본능이 너무 강해선 안 됐다.

만약 그것을 무시하고 가디언으로 만들었다가는 어떤 변수가 발생할지 모르기 때문이다.

더욱이 정진의 경지는 이제 겨우 5클래스 익스퍼트일 뿐이었다.

각인 마법으로 지배의 인을 새긴다 하여도 몬스터는 본능적으로 자신보다 약한 존재에게 지배 받지 않으려는 성질을 가지고 있다.

때문에 지금 눈앞에 있는 자이언트 트롤은 제라드의 기준에서 탈락이었다.

[나중을 위해서 널 처리해야겠다. 프로스트!]

제라드는 간단한 스펠 영창으로 영혼의 숲 남부의 지배자인 자이언트 트롤 부아칸을 처리하였다.

대몬스터 병기인 아머드 기어 네 기를 상대로 접전을 벌인 부아칸이지만, 9클래스의 데미 리치에겐 그저 한 끼 식사거리도 되지 못했다.

[호, 생각보다 더 커다란 마정석을 품고 있었군.]

제라드는 부아칸이 죽으면서 남긴 마정석을 챙기며 옅은 감탄성을 뱉었다.

덩치나 자신의 마법에 저항하던 것으로 보아 어느 정도 짐작을 하였지만, 부아칸의 몸에서 나온 마정석은 예상보다 더 등급이 높았다.

그저 트롤의 변종이겠거니 생각해 중급이나 중상 정도의 마정석을 예상했는데, 무려 상급의 것이었다.

물론 상급 중에서는 하품에 속하는 것이지만, 그래도 일단 등급이 상급인 것과 중급인 것은 많은 차이를 보였다.

그러니 부아칸의 마정석은 충분한 가치가 있었다.

마정석을 수습한 제라드는 이제 저 멀리서 자신을 느끼고 접근하는 또 다른 가디언 후보를 찾아 이동하였다.

타라칸은 자신의 본능을 간질이는 존재를 찾아 한참을 달렸다.

하지만 얼마 지나지 않아 걸음을 멈췄다. 아니, 멈출 수밖에 없었다.

방금 전, 자신의 경쟁자 중 하나가 사라졌기 때문이다.

자이언트 트롤 족장인 부아칸과 함께 언젠가는 처리해야 할 상대였던 블러드 고블린 족장 토요시의 존재감이 사라졌다.

그런데 이상한 것은 토요시의 존재감은 사라졌는데, 토요시가 가지고 있던 힘의 근원은 자신과 점점 가까워지고 있었다.

토요시의 힘의 근원, 즉 마정석이 누군가에 의해 자신이 있는 쪽으로 이동을 하고 있다는 말이었다.

그것을 느낀 타라칸은 자신도 모르게 허기가 졌다.

타라칸이나 부아칸, 그리고 토요시는 본능적으로 상대에

대한 경쟁의식과 식욕을 느껴왔다.

상대를 잡아먹어야만 한다는 인식이 본능 속에 깊게 자리하고 있어 언제나 서로의 빈틈을 노렸다.

때문에 타라칸은 20여 일 전, 부아칸이 정진이 속한 탐사대와 싸울 때도 찾아가 지켜본 것이었다.

만약 정말로 배가 고파 사냥감을 노린 것이라면 부담이 되는 부아칸보다는 손쉬운 먹이인 탐사대를 노렸을 것이다.

하지만 타라칸에게 힘에 대한 갈망은 본능인 식욕보다 더욱 원초적인 것이라 정진이나 다른 인간들보다 부아칸의 상태를 살폈다.

그때, 만약 기회만 되었다면 부아칸을 덮쳐 마정석을 취했을 것이다.

거꾸로 부아칸도 타라칸이 근처에 있다는 것을 알고 싸움을 멈췄다.

그것만 봐도 타라칸이나 부아칸과 같은 몬스터들의 힘에 대한 탐욕이 얼마나 강한 것인지 알 수 있었다.

타라칸은 자신의 경쟁자 중 하나인 토요시가 사라진 것을 느끼고는 지금껏 무작정 달려왔던 것과 다르게 조심스럽게 자신을 향해 다가오는 존재에게 접근하였다.

하지만 그것도 잠시.

타라칸은 곧 경악을 하였다.

토요시가 사라지고 얼마 지나지 않아 또 다른 경쟁자인 부아칸이 죽은 것을 느꼈기 때문이다.

아니, 들었다.

저 멀리서 당혹감과 두려움에 떠는 부아칸의 괴성이 타라칸의 귀를 때렸다.

그리고 곧바로 부아칸의 존재감도 사라졌다.

그제야 타라칸은 뭔가 잘못되었다는 것을 깨달았다.

'지금 알 수 없는 존재가 우리들을 죽이고 있다! 도망쳐야 한다!'

타라칸의 본능이 지금 다가오는 존재로부터 도망치라고 말을 하고 있었다.

하지만 타라칸은 본능이 시키는 말을 듣지 않았다.

도망쳐야 한다는 본능보다 어떤 존재가 토요시에 이어 부아칸마저 죽였는지 호기심이 생긴 것이다.

그리고 무엇 때문에 자신들의 본능을 자극하고 죽이는지도 궁금했다.

그렇게 한층 더 조심스러워진 움직임으로 걸음을 걷고 있는데, 갑자기 눈앞이 번쩍하며 밝은 빛이 터져 나왔다.

크릉!

타라칸은 갑작스런 불빛에 몸을 움찔 떨며 살짝 뒤로 물러섰다.

잠시 후, 빛이 사라지며 나타난 제라드의 모습을 보고 타라칸은 더없이 긴장했다.

본능적으로 눈앞에 보이는 상대가 토요시와 부아칸을 죽인 존재란 것을 알 수 있었던 것이다.

부아칸을 처리한 제라드는 자신의 마법에 걸린 마지막 가디언 후보가 인근에 도착한 것을 확인했다.

이미 이 일대는 자신의 감지 범위 안이기에 처음부터 제3의 후보의 움직임을 파악하고 있었다.

데미 리치인 제라드에게 그 정도 영역을 감시하는 것은 식은 죽 먹기보다 쉬운 일이었다.

전설 속의 도사나 신선들이 앉아서 천 리를 보는 것처럼 제라드는 마음만 먹으면 그 이상도 살필 수 있었다.

그러니 고작 20㎞ 반경에 있던 타라칸의 움직임을 파악하는 것쯤은 무척이나 쉬운 일이다.

그저 다른 가디언 후보를 살피느라 잠시 그냥 내버려 두었을 뿐이다.

방금 전의 후보가 본능이 너무도 강해 탈락한 것과 다르게 지금 눈앞에 있는 래피드 타이거의 눈을 들여다본 제라드는 자신도 모르게 미소를 지었다.

[흐흐흐흐!]

하지만 제라드가 흘려내는 소리는 듣는 이로 하여금 소름이 돋게 하는 것이었다.

그도 그럴 것이, 제라드는 살아 있는 생명체가 아닌 언데드, 리치였다.

아무리 이성을 가지고 있는 데미 리치라고는 하지만 리치는 리치였다.

그러니 몬스터이기는 해도 결국은 생명체인 타라칸은 제라드의 소성에 온몸의 털이 곤두서는 느낌을 받았다.

크릉!

타라칸은 본능적으로 낮게 그르렁거리며 뒷걸음질을 치려 했다.

하지만 어찌 된 일인지 제자리에서 꼼짝할 수가 없었다.

[반항하지 마라. 어차피 네겐 선택의 여지가 없다.]

제라드는 낮게 중얼거리며 옴짝달싹못하는 타라칸에게 다가가 머리에 손을 가져다 댔다.

타라칸은 제라드의 손이 자신의 머리 위에 올려지자 알

수 없는 두려움에 움찔하였다.

그와 동시에 싸늘한 기운이 머리를 통해 몸속으로 들어오는 것을 느낄 수 있었다.

크아앙! 크릉! 크릉!

차갑고 두려운 마나가 몸속을 헤집자 타라칸은 무척이나 고통스러웠다.

하지만 본능이 시키는 대로 고통을 참으며 몸을 최대한 움직이지 않고 기다렸다.

그렇게 얼마가 지났을까.

몸을 헤집던 차가운 마나가 다시 들어왔던 머리를 통해 빠져나갔다.

부르르.

타라칸은 배를 땅바닥에 바짝 붙인 후 꼬리까지 만 채 제라드의 눈치를 살폈다.

[다른 놈들은 기준에 미달되어 폐기했지만, 넌 그나마 기준에 맞으니… 이제부터 우리가 지정하는 존재를 지키는 가디언이 되어야 한다.]

제라드는 타라칸을 내려다보며 선언하듯 말했다.

물론 아직은 자신이 할 일이 무엇인지 정확하게 인지하지 못하겠지만, 지배의 인이 새겨지면 알게 될 것이다.

지금까지처럼 자유롭게 숲을 뛰어다니지 못하고 누군가에 얽매여 살아야 한다는 것을 말이다.

하지만 그렇다 하더라도 죽는 것보다는 나을 테니 타라칸에겐 잘된 일일지도 몰랐다.

더욱이 제라드는 조금 전에 수거한 토요시와 부아칸의 마정석을 이용해 타라칸을 더욱 강한 가디언으로 개량할 생각이었다.

이는 부아칸과 토요시를 잡아먹으려던 타라칸의 뜻과 일맥상통하는 일이니, 어쩌면 타라칸이 더욱 원할지도 몰랐다.

제라드는 아공간에 가지고 있던 토요시와 부아칸의 마정석을 타라칸의 앞에 내려놓았다.

[먹어라.]

갑자기 눈앞에 토요시와 부아칸의 힘의 근원이 놓이자 타라칸은 잠시 눈을 깜빡였다.

그러다 제라드의 말을 듣고 그것을 한입에 털어 넣었다.

[크러쉬!]

제라드는 타라칸이 먹는 것을 확인하고는 마정석이 위장에 들어가자마자 마법을 이용해 그것을 부쉈다.

이는 마정석 섭취를 돕기 위한 조치였다.

만약 제라드가 이렇게 마정석을 부수지 않았다면, 타라칸은 토요시와 부아칸의 마정석을 녹여 자신의 마나로 환원하기까지 많은 시간이 필요했을 것이다.

하지만 제라드가 이렇게 마정석을 부숨으로써 마나가 빠르게 흡수되었다.

좋은 일과 나쁜 일은 언제나 함께 온다고 했던가.

마정석이 가진 힘을 흡수하는 것은 빨라졌지만, 그 때문에 갑자기 마나를 한 번에 흡수하게 된 타라칸에게는 엄청난 고통이 찾아왔다.

마치 팽창한 풍선에 더욱 많은 공기를 집어넣은 것처럼, 타라칸은 너무도 많은 마나가 흡수된 탓에 마정석을 품고 있는 심장이 터질 정도로 부풀어 올랐다.

뿐만 아니라 타라칸의 몸 여기저기도 울룩불룩하게 부풀어 오르기 시작하였다.

부풀어 올랐다가 바람이 빠진 것처럼 꺼지고, 또다시 부풀어 오르고…….

그러기를 얼마나 반복했을까.

한참이나 시간이 흐른 뒤, 타라칸의 검녹색의 털이 하얗게 바래서 빠지기 시작하였다.

그러면서 타라칸의 뼈들도 요란한 소리를 내며 뒤틀렸다.

뿌드득! 뿌드득!

뼈와 뼈가 마찰을 일으키고, 부풀어 올랐다가 수축하기를 반복하였다.

그 과정에서 열이 발생하는지 열기와 함께 털도 빠지고, 타라칸의 강력한 무기인 발톱과 이빨마저 빠졌다.

지금 타라칸에게 나타나는 현상은 바로 마법사가 7클래스에 들어서면서 겪는 바디 체인지였다.

동양 무술에서는 환골탈태라 부르는 바로 그것이었다.

타라칸은 비록 몬스터이기는 하지만, 전설이나 설화에 나오는 영물의 내단과 비슷한 마정석을 가지고 있었다.

대자연의 기운인 마나를 품은 마정석이 감당하지 못할 정도로 많은 마나를 품게 되자 육체가 그에 맞게 변화를 겪는 것이다.

제라드는 그러한 과정을 담담히 지켜보았다.

아카데미 한가운데 위치한 연못가에 앉아 명상을 하고 있던 정진은 작은 소음이 들리자 눈을 뜨고 소리의 진원지를 살폈다.

그곳에는 제라드와 흰색의 작은 고양이과 짐승이 있었다.

정진은 제라드보다는 그의 곁에 있는 짐승에게 눈이 갔다.

정진은 문득 이상한 기분에 빠졌다.

그건 다름 아닌 친숙함이었다.

분명 지금까지 살아오면서 짐승을 키워본 적도 없고, 또 저렇게 귀엽게 생긴 짐승을 본 적도 없었다.

그런데 너무도 익숙한 느낌이 들자 정진은 의아함에 고개를 갸웃거렸다.

정진이 한동안 흰색 짐승을 바라보며 관심을 보이고 있을 때, 그런 정진의 정신을 깨우는 소리가 있었다.

[오늘 해야 할 작업이 있다. 그만 정신을 차리고 이쪽으로 와라.]

제라드의 부름에 정진은 짐승에게 주던 시선을 거두고 제라드의 곁으로 다가갔다.

"무슨 일입니까?"

정진은 작업이라는 말에 전혀 짐작 가는 바가 없어 제라드에게 물었다.

제라드는 아공간에서 날카로운 단검 한 자루를 꺼내 정진의 앞에 놓았다.

하지만 정진은 단검을 보고도 딱히 생각나는 게 없었다.

"이게 무슨……."

정진이 막 질문을 하려는 순간, 제라드는 말을 끊고 설명을 하였다.

[전에 내가 알려줬던 지배의 인이란 마법을 실행해라.]

"지배의 인이요?"

[그렇다. 그것을 실행하고 네 피 한 방울을 이놈의 머리에 떨어뜨리면 끝날 것이다.]

정진은 제라드의 설명에 눈을 반짝였다.

분명 지배의 인은 펫이나 가디언을 만들 때 실행하는 마법이라고 들었다.

그리고 지배의 인을 행할 때는 무척이나 주의를 요한다는 것과 동시에 함부로 남용을 하면 큰일이 난다는 경고도 함께였다.

지배의 인은 대상을 가리지 않는 마법이었다.

만약 인간을 대상으로 실행한다면 지배의 인을 받은 대상은 죽을 때까지 시전자의 영향에서 벗어날 수 없었다.

어떠한 일에도 절대적 구속력을 가졌기에 이러한 마법이 남용된다면 당연 인간 사회에 큰 혼란이 올 것이다.

다만, 지배의 인도 한계는 있었다.

지배의 인을 무한정 실행할 수는 없다는 것이었다.

그 말이 무슨 소린가 하면, 시전자의 정신이 허용하는 한계로 인해 마법을 시전하는 데에 제한이 있다는 소리다.

더욱이 피시전자의 정신력이 시전자보다 더 높다면 마법은 실패할 것이고, 당연히 그 충격이 시전자에게 돌아온다.

가볍게는 한동안 마법을 사용하지 못하고, 최악의 경우엔 오히려 피시전자에게 지배를 당하게 된다.

물론 실패한 마법이기에 시간이 지나면 영향이 줄어들겠지만, 어찌 되었든 타인에게 한동안 지배를 받는다는 것은 마도사로서는 죽는 것보다 못한 치욕이었다.

그렇기 때문에 지배의 인을 실행할 때는 신중하게 살핀 후에 해야 하며, 그 대상에 대해서도 조심해야 한다.

그런 주의를 받은 기억이 있기에 정진은 조심스럽게 제라드를 쳐다보았다.

흔들림 없는 태도의 제라드.

제라드의 확고한 태도를 확인한 정진은 지배의 인을 운용하면서 단검을 들어 오른손 검지 끝에 가져다 댔다.

단검은 무척이나 예리해 슬쩍 댄 것만으로 상처를 냈고, 곧 피가 흘러나왔다.

정진은 오른손 검지에 맺힌 핏방울을 하얀 짐승의 이마에

찍었다.

그러자 마치 하얀 도화지에 붉은 물감으로 그림을 그린 것처럼 핏방울이 짐승의 이마에 어떤 문양을 그렸다.

그것은 마법 문자인 룬이었다.

잠시 동안 이마에 새겨진 룬은 곧 황금빛 빛을 발하며 사라졌다.

[이제부터 이것이 네가 경지에 오를 때까지 지켜줄 것이다.]

"신경 써주셔서 감사합니다."

정진은 언뜻 보기에도 별로 강력할 것 같지 않은, 작고 귀여운 짐승을 잠시 미심쩍은 눈으로 보았다.

하지만 제라드가 자신의 가디언으로 선택을 했다면 무언가 대단한 것이 있을 것이라 생각하며 감사의 인사를 전했다.

[그런 소리 하지 마라. 넌 그저 우리의 염원을 이룩해 주면 되는 일이다.]

"잘 알겠습니다. 더욱 일로정진하겠습니다."

정진은 다시 한 번 제라드와 젝토르의 은혜를 상기하며 마음가짐을 다졌다.

그런 정진의 발치에서 하얀 짐승이 초롱초롱한 눈망울로

쳐다보고 있었다.

하지만 정진은 자신을 바라보고 있는 귀여운 짐승에 대해 신경 쓸 겨를이 없었다.

그저 더욱 마법을 수련해야겠다는 생각뿐이었다.

Chapter 7

제라드의 선물

정진은 눈앞에 있는 가디언을 보며 황당한 표정을 지었다.

조금 전까지만 해도 겨우 자신의 발치에나 올 정도의 작고 귀여운 모습이었는데, 지금은 웅크리고 있는 것만으로도 자신의 키보다 컸다.

그 순간, 정진은 왠지 어디선가 본 적이 있는 익숙함을 느꼈다.

어제 제라드가 지배의 인을 새기기 위해 가디언을 데려왔을 때에도 느꼈지만, 지금 이렇게 커다랗게 변하고 나니 확실히 알 수 있었다.

털 색깔이 바뀌어 바로 알아보진 못했지만, 이제는 확신할 수 있다.

눈앞에 있는 가디언은 바로 흰머리산 던전에 가던 중 거대한 몬스터가 습격했을 때, 숲 속 한쪽에서 자신들을 살피던 바로 그 커다란 몬스터였다.

호랑이나 표범을 닮은 모습에 너무 진한 녹색이라 오히려 검정색에 가깝게 느껴지던, 나뭇가지와 풀들 속에 있으면 보호색 때문에 잘 보이지도 않던 그 몬스터가 지금은 정반대로 마치 눈을 연상시키는 백색의 하얀 털을 가지고 있었다.

마치 전설 속의 백호를 보는 것만 같았다.

더군다나 몸의 크기를 제 마음대로 줄였다 늘렸다 하는 것을 보면, 영물이라 할 만했다.

"네 정체가 뭐냐?"

정진은 자신도 모르게 눈앞에 있는 타라칸에게 말했다.

타라칸이 정진과 눈을 마주쳤다.

[전 래피드 타이거 종족의 타라칸이라고 합니다.]

"헉! 이게 무슨 소리지?"

정진은 갑자기 자신의 머리를 울리는 소리에 깜짝 놀랐다.

"지금 네가 한 말이냐?"

[그렇습니다. 제가 마스터에게 한 것입니다.]

타라칸은 다시 한 번 정진의 머릿속을 울리며 텔레파시로 대답을 하였다.

정진은 몬스터, 아니, 가디언이 텔레파시로 자신에게 말을 하자 놀라지 않을 수가 없었다.

뉴 어스는 처음이지만, 뉴 어스에 살고 있는 몬스터에 대해선 많은 정보를 가지고 있었다.

그리고 흰머리산까지 오면서 베테랑인 이정진에게 많은 조언도 들었다.

하지만 그 어떤 정보에도 몬스터가 인간의 말을 한다는 내용은 없었다.

엄밀히 따지자면 텔레파시로 하는 것이니 말을 하는 것은 아니지만, 어찌 되었든 인간과 소통을 할 수 있는 몬스터가 있다는 소리 또한 못 들었으니 그거나 이거나 마찬가지였다.

"몬스터도 말을 할 수 있던 거야?"

정진은 놀란 눈으로 타라칸을 보며 다시 물었다.

만약 모든 몬스터와 의사소통이 가능한 것이라면 헌터들은 완전히 새로운 국면을 맞이할 수도 있는 문제였다.

[아닙니다. 같은 종족끼리야 어느 정도 소통을 할 수는 있지만, 지금과 같이 자신의 뜻을 다른 종에게 전달할 수는 없습니다.]

"그렇단 말이지? 그럼 네가 내 가디언이 되어서 그런 것인가?"

정진이 다시 자신의 추측을 내놓자, 타라칸은 바로 대답을 하였다.

[그런 것 같습니다. 마스터께서 저에 대한 생각을 하면 바로 알아들을 수 있습니다. 그리고 저 또한 마스터에게 집중을 하면 제 생각을 전달할 수 있는 것 같습니다.]

"아, 맞다. 지배의 인 마법이 원래 그런 것이지."

정진은 타라칸의 이야기를 듣고 나서 그제야 자신이 펼친 지배의 인에 대해 젝토르가 설명했던 것이 떠올랐다.

지배의 인은 마법사의 의지대로 다른 생명체를 다룬다는 점에서 보면 패밀리어 마법과 비슷했다.

다만, 그보다 더 강력한 구속력을 가질 뿐이었다.

패밀리어가 대상과 친근감을 고양시켜 마법사가 요구하는 것이라면, 지배의 인은 말 그대로 대상을 지배하는 것.

대상이 거부하고 싶은 지시일지라도 명령에 따를 수밖에 없는, 강력한 수준의 강제력이 작용하는 것이다.

그것만 봐도 지배의 인이 얼마나 고난도의 마법인지 알 수 있었다.

더욱이 패밀리어 마법은 시술 받은 대상이 부상을 당하거나 죽음에 이르게 되면 그 피해가 피드백으로 돌아와 시전자도 타격을 받게 된다.

자칫 잘못하다가는 영혼에 타격을 입고 미치광이가 될 수도 있을 정도로 위험한 마법이다.

그에 반해 지배의 인은 효과도 더욱 뛰어나면서 부작용도 없었다.

다만, 완벽한 지배를 위해서 시전자의 정신력이 피시전자보다 훨씬 높아야 한다는 조건이 붙을 뿐이었다.

그런데 정진은 여기서 의문이 하나 들었다.

지배의 인을 시전하기 위해서는 분명 피시전자보다 정신력이 더 뛰어나야 한다고 했는데, 지금 대화를 해보면 눈앞에 있는 타라칸이 자신보다 정신력에서 결코 뒤떨어지지 않을 것이란 생각이었다.

정진이 이런 생각을 하게 된 것은 그 또한 마법사로서 어느 정도 경지라 할 수 있는 5클래스에 들었기 때문이다.

만약 정진의 경지가 그보다 못했다면 타라칸의 능력을 전혀 눈치채지 못했을 것이다.

현재 타라칸의 경지는 마법사로 치면 6클래스와 7클래스 사이에 있었다.

6클래스 마스터보단 위이고, 7클래스 러너보단 약한 정도의 수준인 것이다.

만약 타라칸이 7클래스 정도의 힘만 가졌어도 정진이 그의 수준을 알아보지 못했을 테지만, 한 클래스 차이였기에 어렴풋이 알아볼 수 있었다.

하지만 정진의 의문은 사실 알고 보면 별거 아닌 일이었다.

타라칸이 별다른 저항 없이 지배의 인에 걸린 이유는 다름 아닌 제라드 때문이었다.

타라칸은 제라드에게 붙들렸을 때, 이미 정신이 제압된 상태였다.

그러니 아무리 정진보다 상위에 있는 정신력을 가지고 있다 하더라도 소용이 없는 일이었다.

당시 타라칸에게는 지배의 인에 저항할 힘이 조금도 남아 있지 않았다.

더군다나 토요시와 부아칸의 마정석을 한꺼번에 흡수해 억지로 바디 체인지를 하였기에 몸에 마력도 얼마 남아 있지 않았다.

당연히 정진의 마법은 타라칸에게 쉽게 안착하였다.

경과야 어찌 되었든 지배의 인은 순조롭게 타라칸에게 새겨졌고, 정진은 자신보다 한 클래스 정도 더 강력한 힘을 가진 가디언을 얻게 되었다.

더군다나 타라칸은 영혼의 숲에서도 한 지역을 지배하던 지배자급 몬스터.

그런 지배자 몬스터가 동급의 지배자 몬스터의 마정석을 섭취해 한 단계 더 진화를 하였다.

당시에도 대몬스터 병기인 아머드 기어 한 기 정도는 무난히 상대할 정도의 무력을 가지고 있었는데, 이제는 그보다 더 강력해졌으니 정진이 집으로 돌아가는 길은 한결 수월할 것이다.

"그런데 어쩌다가 여기 오게 된 것이지? 네가 살던 곳은 여기서 한참이나 떨어진 것 같은데?"

정진은 타라칸과 이런저런 이야기를 나누다 문득 떠오르는 생각에 물었다.

정진이 타라칸을 본 것은 흰머리산 던전에서 5일 정도 떨어진 곳이었다.

이곳 아카데미가 지하에 있어 정확한 위치는 알 수 없지만, 분명 자신이 걸어온 길은 타라칸을 보았던 지점과는 반대 방향에 위치해 있었다.

[마스터의 스승인 제라드 님께 제압이 되었습니다.]

"뭐? 무엇 때문에?"

[아마도 마스터의 안전을 위해 가디언을 찾다가 절 선택한 것으로 알고 있습니다.]

"널 선택했다고? 그럼 다른 몬스터도 제라드가 살펴보았다는 거야?"

정진은 타라칸의 말에 눈을 크게 뜨며 물었다.

[예. 먼저 블러드 고블린인 토요시를 만나시고, 두 번째로 자이언트 트롤인 부아칸을 거친 뒤, 최종적으로 절 마스터의 가디언으로 선택하셨습니다.]

"토요시? 부아칸? 그들이 누구지?"

영원의 숲의 몬스터들에 대해 알고 있을 리가 없는 정진은 타라칸의 말만으로는 그들이 어떤 존재인지 파악할 수가 없었다.

다만, 타라칸이 토요시와 부아칸의 이름을 언급할 때 말속에서 느껴지는 분노로 보아 결코 약한 존재가 아닐 것이라 생각할 뿐이었다.

[그들은 한때 제 경쟁자들로, 흰머리산 남쪽 영원의 숲을 지배하던 종족입니다. 블러드 고블린 종족의 족장인 토요시

는 교활한 머리와 치명적인 독을 제조하는 능력을 가지고 있었습니다. 그리고 자이언트 트롤 종족의 족장인 부아칸은 마스터도 본 적이 있을 것입니다. 마스터께서 영원의 숲을 지나올 당시 마스터와 함께 있던 강철 거인들을 상대하던 것이 바로 자이언트 트롤 부아칸입니다.]

타라칸의 설명을 들은 정진은 토요시는 모르겠지만 부아칸은 누군지 알 수 있을 것 같았다.

타라칸을 봤던 그날, 정진이 속한 탐사대 일행을 습격한, 바로 그 거대한 인간형 몬스터였다.

정진은 당시 부아칸이 보여준 무력을 또렷하게 기억하고 있었다.

대몬스터 병기인 아머드 기어 네 기를 상대로도 절대 밀리지 않는 무력을 보인 부아칸이었다.

그런 부아칸을 경쟁자라고 말하는 걸 보니 타라칸의 능력도 그 못지않을 것이라 생각되었다.

그러자 절로 든든하다는 생각이 들었다.

그러다 문득 타라칸의 말투에서 마치 이제는 존재하지 않는 듯한 느낌을 받았다.

"설마 토요시라는 블러드 고블린과 부아칸이라는 자이언트 트롤은 이미 죽은 거야?"

[그렇습니다. 제라드 님이 마스터의 가디언을 찾던 중 조건에 부합되지 않기에 훗날을 대비하여 처리하셨습니다. 그리고 그들이 가지고 있던 힘의 근원을 제게 주셔서 제가 보다 완벽해질 수 있었습니다.]

"보다 완벽해지다니, 그건 무슨 말이지?"

[이 세계의 모든 생명체는 다른 생명체가 가진 힘의 근원을 취해 보다 강력한 존재로 거듭나는 것을 원합니다. 이는 영혼에 새겨진 본능과도 같은 것입니다.]

"힘의 근원이라니, 그건 뭐지?"

정진은 타라칸의 설명을 흥미롭게 듣다가 자신이 알아듣지 못한 용어가 나오자 물었다.

[예. 그것은 바로 저와 같은 존재들이 심장이나 머릿속에 가지고 있는 작은 구슬과 같은 덩어리입니다. 저희는 대기에 있는 마나와 타 종족의 근원을 섭취해 힘을 키웁니다.]

타라칸의 설명이 이어지자 정진은 힘의 근원이 무엇인지 알 수 있었다.

몬스터에게서 나오는 마정석을 힘의 근원이라고 하는 것 같았다.

하긴 타라칸의 말대로 마정석은 엄청난 에너지의 집합체였다.

그리고 그것을 바탕으로 몬스터들이 강력한 힘을 내는 것이니, 타라칸의 말처럼 힘의 근원이 맞았다.

지구인들만이 아니라 뉴 어스의 몬스터들도 마정석을 필요로 한다는 것을 처음 알게 된 정진은 마정석이란 것이 자신이 생각하는 자원으로서의 가치보다 더 대단한 물건이란 것을 새삼 깨닫게 되었다.

그리고 뉴 어스의 몬스터들도 마정석을 통해 더욱 강력해진다는 사실 또한 알게 되었기에 이를 잘만 활용한다면 앞으로 자신이 계획한 일이 보다 쉬워질 것만 같았다.

'타라칸이 한 말이 사실이라면, 몬스터 몇 마리를 더 지배의 인으로 종속시켜 사냥을 한다면 굳이 헌터 클랜에 들어가지 않더라도 돈을 벌 수 있을 거야.'

정진은 자신이 집으로 무사히 돌아가는 것은 물론이고, 가족들을 위해 헌터가 되어 성공할 계획을 구상하며 앞으로 자신의 진로에 대해 고심을 하였다.

[제라드.]

[무슨 일이지, 젝토르?]

[정진의 일은 준비가 잘되고 있어?]

[그래. 순조롭게 진행되고 있다.]

[그래. 가디언은 어떻게 되었지?]

[이 근방에는 그다지 강력한 몬스터가 없어 조금 미흡하지만 나름 쓸 만한 가디언을 구해두었다. 슈페리어 등급이었는데, 근처에 다른 슈페리어 등급의 몬스터가 있어 그놈들의 마정석을 이용해 간신히 챔피언으로 업그레이드를 시킬 수 있었다.]

[다행이네. 챔피언급 가디언이라면 그나마 조금은 안심할 수 있겠어.]

소울 스톤에 봉인되어 움직이지 못하는 젝토르는 정진의 마법 실습과 안전하게 집으로 돌아갈 준비를 제라드에게 맡겼다.

제라드가 어련히 알아서 잘하겠지만, 그래도 자신이 도움을 주지 못하는 것 때문에 못내 불안한 젝토르였다.

사실 젝토르는 아케인 아카데미를 유지하는 것만으로도 버거운 상태다.

아카데미 인근을 지나는 마그마를 우회시키는 것만으로도 가지고 있는 마력을 총동원해야만 했던 것이다.

아무리 절대적인 경지에 든 젝토르라 해도 대자연의 저력

앞에서는 어쩔 도리가 없었다.

아카데미를 지탱하는 마법진이 점점 세력을 확장하는 마그마의 영향으로 힘을 잃어가는 지금, 그나 제라드 둘 중 한 명은 부족한 마법진의 마력을 보충해 줘야 했다.

그렇기에 소울 스톤에 봉인되어 움직이지 못하는 자신이 마법진을 담당하는 것이 당연했다.

[가디언이 준비되었다면, 이제 정진이 사용할 무구를 만들어야 하지 않을까?]

젝토르는 정진이 뉴 어스를 활보하며 아케인의 마도를 다시 한 번 꽃피우기 위해선 많은 것들이 필요하다고 판단했다.

더욱이 정진의 경지는 이제 겨우 마법사라고 말을 할 수 있는 5클래스에 불과한데다 완벽하게 클래스를 마스터한 것이 아닌, 익스퍼트일 뿐이기에 더욱 걱정이 되었다.

정진이 자신들이 전수한 아케인의 정수를 꽃피우기도 전에 뉴 어스의 위협에 꺾일지도 모른다는 걱정이 앞서 더욱 많은 것을 챙겨주고 싶었다.

오래전 이곳 아케인 아카데미에는 많은 아티팩트가 있었다.

하지만 그것들은 장구한 시간 앞에 기능이 정지되거나,

아카데미를 유지하기 위해 분해하여 소모하였다.

그래서 마도제국 아케인의 정수라는 이름이 무색할 만큼 아티팩트라 부를 만한 물건이 없었다.

[그건 걱정하지 마라. 중요한 완드는 아카데미 창고에 남아 있던 최상급 마정석과 크리스털 조각, 그리고 유일하게 남은 세계수의 가지로 만들었다.]

[그게 정말이야?]

[그래. 어제 정진이 마법을 수련할 때 만들게 했다.]

[잘했네. 그럼 매직 아머하고 로브만 만들면 되겠군.]

[매직 아머와 로브를 만들기 위해선 재료가 필요해. 하지만 아카데미에 남아 있는 재료로는 어느 것도 만들 수 없다. 챔피언급 몬스터의 마정석이 필요한데, 이 근방에는 챔피언 급이 없다.]

매직 아머와 마법사의 상징인 로브를 만들어주는 일 또한 이미 제라드가 생각한 일이었다.

하지만 재료인 마정석이 없어 급한 대로 완드부터 만들었던 것이다.

[그럼 어쩔 수 없지, 등급이 낮은 매직 아머와 로브를 만들어줄 수밖에. 그건 정진도 이해할 거야.]

[그렇겠지. 그는 심성이 착하니.]

[챔피언급 매직 아머와 로브가 안 되면 슈페리어급이라도 만들어 정진의 안전을 도모해야 돼.]

[알고 있다. 좀 더 주변을 살펴 준비하도록 하지.]

젝토르와 이야기를 마친 제라드는 정진을 위한 마지막 선물이 될 매직 아머와 로브를 만들기 위해 좀 더 지상을 살피기로 하였다.

'어떻게 하면 부족한 재료를 수급할 수 있을까? 신의 실패작이 아쉽군.'

자신의 방에 돌아온 제라드는 의자에 앉아 고민했다.

아케인 아카데미의 창고에는 많은 물품들이 있었다.

마법사를 교육시키려면 엄청난 양의 마법 재료들이 필요하기 때문에 당연한 일이었다.

하지만 아카데미가 땅속에 함몰되고, 그 과정에서 많은 마법사들이 희생했다.

그 희생으로 아카데미는 겨우 유지될 수 있었다.

마찬가지로 아카데미 유지를 위해 창고에 쌓여 있던 많은 마법 재료와 아티팩트들이 소모되었다.

이제 와 생각하는 것이지만, 마법 재료가 조금이라도 남아 있었다면 제라드가 이처럼 고민을 하지는 않았을 것이다.

하지만 이미 지나간 과거를 되돌릴 수는 없는 법.

제라드는 아쉬운 마음에 아케인의 마법사들이 신의 실패작이라 부르던 존재를 떠올렸다.

호빗처럼 작은 키에 짧은 다리를 가졌지만, 유난히 발달한 상체와 팔은 강력한 힘을 보여주었다.

그런 힘을 바탕으로 그들은 광산을 일구며 살아갔다.

그들은 못생긴 외모와 다르게 손재주가 좋아 뭔가를 만드는 것을 잘했다.

그래서 솜씨를 질투한 이들이 그들의 외모가 떨어지는 것을 빗대어 신의 실패작이라 불렀다.

그들은 다름 아닌 드워프였다.

장인의 종족, 신의 대장장이 등 많은 수식어가 있지만, 제라드를 비롯한 아케인의 마법사와 마도사들에게 있어 그들은 신의 실패작일 뿐이었다.

하지만 지금은 그런 드워프들조차 참으로 아쉬웠다.

장인 종족인 드워프라면 산중에서 쉽게 광산을 찾아 자신이 생각하는 물건들을 생산해 낼 수 있을 것이란 생각이 들었다.

아케인 제국 시절에도 드워프가 만든 물건들은 무척이나

고가에 거래가 되었다.

무엇이든 직접 만들어 쓰는 마법사들이지만, 드워프들이 만든 물건이라면 두말하지 않고 돈을 지불할 정도였다.

정진에게 줄 매직 아머와 로브를 어떻게 만들 것인가 고민하다 보니 이제는 볼 수 없게 된 드워프까지 떠올리는 제라드였다.

제라드는 실소를 하였다.

[허, 리치인 내가 이런 망상까지 하게 되다니, 정말이지, 나도 오래 살았나 보군. 이렇게 감상적이 되다니…….]

순간, 제라드는 자신이 느낀 감정에 대해 새삼 돌아보게 되었다.

자신은 인간적인 감정을 포기한 리치였다.

한데 이렇듯 감상을 드러내다니.

동시에 자신이 감상적이게 된 원인인 정진에 관해서도 떠올리게 되었다.

그러자 자신도 모르게 미소가 그려졌다.

물론 제라드의 얼굴은 미소를 지을 수 없었다.

표정을 지을 만한 얼굴 근육과 피부가 없으니 당연한 일이었다.

다만, 그렇게 보이도록 일루전 마법으로 만든 얼굴이 제라드의 감정에 따라 표정을 그려낼 뿐이었다.

어느 정도 고민을 마친 제라드는 정진의 방으로 향했다.

정진이 처음 아카데미에 들어서면서부터 계속 머물고 있는 방이었다.

'응?'

정진의 방에 도착한 제라드는 한구석에 놓여 있는 뭔가를 발견하고 관심을 보였다.

정진에게 며칠 자리를 비운다고 말하려 찾아왔는데 정작 주인이 없어 돌아가려던 찰나였다.

처음 정진이 아카데미 문 앞에 쓰러져 있을 때 착용하고 있던, 이상한 물건이 눈에 띈 것이다.

정진의 몸을 감싸고 있던 그것은 몬스터의 공격을 방어하는 데 전혀 도움을 줄 수 없는 구조를 가지고 있었다.

마치 스켈레톤의 골격을 보는 것처럼 앙상한 모습.

처음에는 저런 도움도 안 되는 물건을 정진이 왜 착용하고 있는지 이해가 가지 않았다.

용도를 듣기 전까지 제라드는 쓸모없는 물건이라 생각했다.

하지만 그것이 무거운 물건을 들거나 운반할 때 보조해

주는 물건이란 말을 듣고 깜짝 놀랐다.

겉으로 보이는 바와 전혀 다르게 그런 힘을 낸다는 말에 잠시 마법을 사용해 살펴보기도 했다.

그렇지만 아무리 살펴봐도 마법이 사용된 흔적을 찾지 못하자 제라드는 이내 관심을 거뒀다.

그로서는 스켈렌톤 슈트란 것보다 자신들의 염원을 이룩해 줄 정진에게 더 관심이 쏠렸기 때문이다.

그런데 정진에게 매직 아머와 마법사의 로브를 만들어주려고 하는 지금, 그것이 눈에 띄자 제라드는 눈을 반짝였다.

스켈레톤 슈트라는 것이 자신이 생각하는 매직 아머와 기능이 어느 정도 비슷하다는 생각에서였다.

더욱이 형태도 정진의 신체에 맞게 조절되어 있으니 조금만 손을 보면 썩 괜찮은 물건이 될 수 있을 것 같았다.

제라드는 스켈레톤 슈트를 들고 정진을 찾아갔다.

분명 마법을 수련하기 위해 연못에 갔을 테니까.

지하에 있는 그곳은 연못이라고 하기에는 무척이나 거대해 호수라고 불러도 모자람이 없을 정도였다.

더욱이 이곳은 지하임에도 전혀 어둡지 않았다.

연못 주위에는 나무와 꽃 같은 것도 자라나 있었다.

다만, 아름다운 꽃들은 많이 피어 있는데 나비나 벌과 같은 곤충은 전혀 보이지 않는다는 점이 이상했다.

"콜 라이트닝!"

파지지직!

그 순간, 갑자기 마법 스펠이 울리더니, 공중에서 한 줄기 번개가 연못 한가운데로 떨어졌다.

연못가에는 1인과 1수가 자리하고 있었다.

이곳 아케인 아카데미의 유일한 인간인 정진과 정진의 가디언이 된 타라칸이었다.

정진은 완드를 가지고 마법을 연습하고 있었는데, 뭐가 그리 마음에 들지 않는 것인지 마법을 시전하고 나서 살짝 인상을 찡그렸다.

살짝 떨어진 곳에서는 몸집을 줄인 타라칸이 땅바닥에 배를 깔고 엎드려 정진이 마법을 수련하는 것을 지켜보고 있었다.

"콜 라이트닝!"

다시 한 번 똑같은 마법이 펼쳐졌다.

하지만 이번에는 조금 전과 달랐다.

먼젓번의 것이 밧줄과 비슷한 굵기의 번개였다면, 지금은 어른 팔뚝 굵기의 번개 기둥이었다.

그리고 펼쳐진 효과 또한 조금 전과는 확연히 달랐다.

처음 마법이 그냥 한 번 파지직, 스파크가 튀고 끝났다면, 지금은 마법에 물리력까지 담겼는지 연못의 물이 출렁였다.

정진은 그제야 찌푸린 인상을 풀고 입가에 미소를 띠었다.

"그렇지! 이게 바로 5클래스의 콜 라이트닝 마법이지!"

방금 펼친 것이야말로 자신이 가상 세계에서 젝토르에게 마법을 배울 때 보았던 콜 라이트닝 마법이라 할 수 있었다.

"휴."

정진은 5클래스 상위 마법인 콜 라이트닝 마법을 성공하자 안도의 한숨을 쉬며 제자리에 주저앉았다.

사실 정진은 지금까지 5클래스 마법을 보다 완벽하게 펼치기 위해 끊임없이 연습에 매진했다.

다행히 상급의 마정석과 최고급의 크리스털, 그리고 최고급 재료라 알려진 세계수 가지를 이용해 만든 완드가 있기에 오랜 연습을 하여도 쉽게 지치지 않을 수 있었다.

완드가 없을 땐 5클래스 마법을 다섯 번만 시전해도 심장에 있는 마나가 거의 다 빠져나가 제대로 서 있을 수도 없었는데, 완드를 들고 마법을 시전하자 그 두 배인 열 번을 시전하고도 그리 힘들지 않았다.

그저 오래달리기를 한 것만큼의 힘이 들 뿐이었다.

“와, 이거 무지 좋은데? 왜 소설이나 영화에서 마법사들이 스태프를 들고 마법을 펼치는지 이제 알겠군.”

정진은 지금 손에 들린 완드가 무척이나 마음에 들었다.

그 성능은 물론이거니와, 세계수의 가지가 손에 착 감기는 그립감이 무척이나 좋았다.

분명 몸체에서 떨어져 나온 가지인데도 여전히 살아 있는 것처럼 느껴졌다.

그리고 마법을 펼칠 때마다 자신이 실수하는 부분을 보조해 주는 것만 같았다.

정진이 그렇게 자신의 애병이 된 완드를 들여다보고 있을 때, 곁으로 제라드가 다가왔다.

[뭘 그렇게 들여다보는 중인가.]

제라드의 물음에 그제야 정진은 정신을 차릴 수 있었다.

그러고는 완드를 가지고 마법을 펼칠 때 느낀 점을 설명했다.

“그게… 이 완드의 손잡이 부분인 세계수의 가지에서 조금 이상한 느낌이 나서요."

[어떤 느낌 말인가.]

제라드는 정진의 말에 고개를 갸웃거렸다.

세계수의 가지는 그 또한 오래전 리치가 되기 전에 사용하던 스태프의 재료이기도 했다.

하지만 그 당시 자신은 전혀 이상한 느낌을 받지 않았다.

제라드는 혹시나 완드를 만드는 과정에서 무엇이 잘못되었는가 싶어 다시 물었다.

[그래, 어떤 것이 이상하다는 것인가?]

"예. 분명 본체에서 오래전에 떨어진 가지일 텐데, 마치 살아 있는 것만 같습니다. 또 동물의 맥박처럼 파동이 느껴집니다."

정진은 자신이 마법을 펼칠 때 느낀 것을 가감 없이 털어놓았다.

그 말에 제라드는 작게 감탄성을 내뱉었다.

자신은 한 번도 그러한 느낌을 받은 적이 없었다.

그렇지만 방금 정진이 말한 현상에 대해서는 들은 바가 있었다.

오래전 선배 마도사로부터 그와 비슷한 말을 들었는데, 이종족인 엘프들이 그러한 경험을 했다는 것이었다.

요정족이라고도 불리는 엘프는 세계수와 뗄 수 없는 관계를 가지고 있는 종족이다.

그들은 인간과 다르게 세계수의 축복을 받아 태어나고, 또 대자연과 함께 생을 살아가기에 별다른 노력을 하지 않더라도 7클래스의 경지에 오르며, 약간의 노력을 더하면 8클래스에 오른다고 하였다.

물론 그런 마나의 축복, 세계수의 축복을 받은 엘프들도 정작 궁극의 경지인 9클래스에 오른 위대한 존재는 몇 없다.

아니, 오히려 마나의 축복을 받아서인지 9클래스에 오른 마도사는 인간 보다 적었다.

하지만 한때 아케인 제국과 쌍벽을 이루던 엘프 종족은 세력을 넓히려는 인간의 욕심으로 인해 점점 영역을 잃고 깊은 숲 속으로 모습을 감췄다.

제라드가 활동할 때는 이미 그들의 모습을 뉴 어스에서 찾아볼 수 없었다.

일부 마도사들은 엘프들이 차원 결계를 이용해 모습을 감췄다고 주장했지만, 그건 확인되지 않은 하나의 이론일 뿐이었다.

한데 엘프들이나 가질 법한 특별한 감각을 정진이 느낀

것이다.

분명 특이한 일이긴 하지만, 지금 중요한 것은 그게 아니었다.

제라드는 이내 정신을 차리고 자신이 이곳에 찾아온 용건을 말했다.

[그보다 네게 할 말이 있다.]

정진은 평소와 달린 심각한 제라드의 음성에 얼른 집중하며 대답했다.

"무슨 말씀인가요?"

[다름이 아니라 네 안전을 위해 몇 가지 물품을 만들어야 하는데, 재료를 구하기 위해 며칠 자리를 비울 것이다. 내가 돌아올 동안 혼자 연습을 하고 있어라.]

뭔가 심각한 말을 할까 싶어 긴장했던 정진은 예상치 못한 내용에 기쁘면서도 한편으론 미안한 마음이 들었다.

지하 동공을 헤매던 자신을 구해주고, 마법을 가르쳐 준 것뿐만 아니라 집으로 안전하게 돌아갈 수 있게 가디언도 구해주었는데, 이번에 또 다른 뭔가를 만들어주려고 한다는 말에 뭐라 할 말이 없었다.

"이미 너무도 많은 것을 주셨는데, 또 어떤 것을 주신다고 그러세요."

정진은 자신이 너무 염치가 없는 것 같았다.

하지만 제라드는 담담히 말을 할 뿐이었다.

[그런 것은 신경 쓰지 마라. 네가 우리의 염원을 이뤄주는 것이 이 모든 것에 보답하는 길이다. 우리는 그저 네가 앞으로도 지금처럼 마법과 마도를 익히는 데 최선을 다해주면 기쁠 것이다.]

"제라드……."

정진은 주체할 수 없는 감동에 말을 잇지 못하고 그저 제라드의 이름만 작게 중얼거렸다.

자신을 존경의 눈으로 쳐다보는 정진의 모습에 제라드는 조금 전 하다 만 이야기를 계속했다.

[참, 그리고 재료가 부족해 그런데, 네 방에 있는 그것을 좀 사용하려고 한다. 괜찮겠나?]

"어떤 거요?"

[그 뼈다귀같이 생긴 것 말이다.]

"아, 스켈레톤 슈트 말씀이세요?"

[그렇다. 그것이 있으면 네게 줄 매직 아머를 만드는 데 훨씬 수월할 것 같다.]

"그럼 그렇게 하세요. 어차피 에너지도 거의 다 소모했기 때문에 이젠 쓸모도 없어졌으니 마음대로 하세요."

정진은 흔쾌히 승낙을 하였다.

어차피 자신이 가지고 있던 스켈레톤 슈트는 에너지가 다 떨어져 버리고 갈 생각이었다.

그런데 제라드가 그것을 이용해 뭔가를 만들어준다고 하니, 너무나 감사한 일이었다.

[그럼 그렇게 알고 난 나가보겠다.]

"알겠습니다. 조심히 다녀오세요."

정진은 습관적으로 주변 사람들에게 하던 것처럼 인사를 했다.

하지만 말을 하고 나니 어처구니가 없었다.

9클래스 마스터인 제라드에게 위협이 될 것이 무엇이 있겠는가.

정진이 보기에 이 세상에 그를 위협할 만한 것은 없을 것 같았다.

그런 정진의 말을 들었는지 아닌지, 제라드는 어느새 사라지고 없었다.

여러 가지 도구들이 널려 있는 테이블 위에 스켈레톤 슈트가 놓여졌다.

그런데 스켈레톤 슈트는 처음의 모습과 너무도 달랐다.

인체의 관절이 움직이기 편하게 구성된 모습에서 지금은 뼈대 부위에 무언가 얇은 판과 같은 것이 붙어 있었다.

그리고 표면에는 온갖 기하학적 문양과 마법 문자인 룬어가 빼곡히 새겨져 있었다.

철컥!

제라드는 한쪽에 놓아둔 조각을 스켈레톤 슈트의 골격에 부착했다.

그럴 때마다 스켈레톤 슈트는 형태를 갖춰 나갔는데, 그것은 바로 고대 병사들이 착용하던 스케일 아머와 유사했다.

다만, 비늘처럼 달려 있는 것들이 눈에 띄었다.

전체적으로 붉은빛을 띠고 있기는 하지만 절대 금속은 아니었다.

사실 이 스케일 아머의 비늘은 제라드가 정진에게 줄 매직 아머의 재료를 구하러 나갔다가 잡은 몬스터의 뼈와 마정석을 가공한 것이었다.

그래야 정진이 마법을 펼칠 때 조금이나마 보조를 해줄 수 있고, 또 마법 능력을 증폭해 줄 것이기 때문이다.

또한 제라드는 비늘 하나하나에 마법진을 새겨 넣었다.

스케일 아머의 방어력을 높이는 마법 주문들이었다.

그밖에도 제라드가 심혈을 기울인 비장의 수도 하나 있는데, 그것은 바로 플라이 마법이었다.

5클래스에 있는 마법이지만 어떻게 활용하느냐에 따라 시전자의 생명을 지켜줄 수도 있는 것이었다.

예를 들어 몬스터가 우글거리는 소굴에 떨어지게 되거나 낭떠러지에 몰렸을 때, 이 마법을 시전하면 위기를 넘길 수 있는 것이다.

제라드는 만약의 사태에 대비하기 위해 플라이 마법을 스케일 아머에 새긴 것이었다.

물론 정진이 7클래스에 들어서면 이런 것이야 필요도 없겠지만, 지금은 아니었다.

재료과 도구가 부족해 더 좋은 것을 만들어줄 수 없어 안타까울 뿐, 제라드는 주어진 조건하에서 최고의 것을 만들어줄 생각이었다.

이미 준비한 것들은 모두 작업을 마쳤다.

연구실 한쪽엔 이미 완성된 로브가 걸려 있었다.

그리고 지금 만들고 있는 스케일 아머만 완성되면 정진을 위해 준비한 것이 모두 끝난다.

찰칵! 찰칵!

제라드의 손이 움직일 때마다 이가 물리는 소리가 들리며 스케일 아머가 제모습을 갖춰갔다.

착! 차르륵!

마지막 한 조각이 결합되자 처음 스켈레톤 슈트의 모습은 온데간데없이 사라지고, 큼지막한 목걸이가 테이블 위에 올려졌다.

제라드는 말없이 그것을 잠시 쳐다보다 자리에서 일어났다.

그러고는 한쪽에 걸려 있는 은회색의 로브마저 집어 들었다.

두 물건을 챙긴 제라드는 자신의 연구실을 빠져나갔다.

Chapter 8

집으로 가는 길

제라드의 부름에 정진은 마법 수련을 하다 말고 젝토르가 있는 방으로 달려갔다.

'무슨 일로 부른 것이지?'

젝토르와 제라드는 자신이 무엇보다 마법 수련을 하는 것을 중요하게 생각했는데, 수련을 중단하면서까지 자신을 부른 이유가 궁금했다.

'혹시?'

전에 제라드가 며칠 외부에 나간다고 했었다.

이후 그가 나갔다 돌아온 것까지는 알고 있었지만, 그 뒤로도 며칠 동안 모습을 보지 못했다.

그런데 자신을 부른 것을 보면, 아마도 그때 말한 것이 완성된 것은 아닌가 하는 생각이 들었다.

"부르셨습니까?"

방으로 들어선 정진은 젝토르와 제라드에게 인사를 하였다.

[정진, 어서 와.]

"무슨 일이에요?"

[별건 아니고, 네게 줄 매직 아머와 로브가 완성되었다.]

제라드가 나서서 대답을 하였다.

그러고 보니 제라드의 앞에 은회색의 로브와 주먹만 한 마정석이 달린 목걸이 하나가 떠 있었다.

"이건가요?"

정진은 앞으로 한 걸음 다가서며 허공에 떠 있는 로브와 목걸이를 보았다.

분명 제라드는 로브와 매직 아머라고 하였다.

하지만 어디를 둘러봐도 아머라 짐작되는 것은 보이지 않았다.

'설마 저 목걸이를 보고 매직 아머라고 한 것인가?'

정진은 아무리 마법이 별의별 것을 다 가능하게 한다지만, 설마 그럴 일은 없을 것이라고 생각했다.

하지만 그런 정진의 예상은 보기 좋게 빗나갔다.

[이것을 목에 걸고 마정석에 마나를 불어넣으며 스펠을 외쳐 봐라.]

"설마 이 목걸이가 말씀하신 매직 아머인 것입니까?"

정진은 설마 하던 생각이 사실이라는 것에 깜짝 놀랐다.

정말이지, 마법이란 것은 겪으면 겪을수록 놀라웠다.

사실 그동안 정진은 다양한 마법을 익히기보단 집으로 돌아갈 때 주변의 위협으로부터 자신을 지켜줄 수 있는 공격 마법 위주로 수련을 하였다.

그러한 공격 마법은 정진이 지구에 있을 때 게임으로나마 접해볼 수 있었기에 이미지를 구체화하기 쉬워 빠르게 숙련도를 높일 수 있었다.

그러한 사정을 모르기에 젝토르와 제라드는 정진이 마법에 무척이나 천재적인 재능을 타고났다고 오해를 하는 것이었다.

[일단 착용해 봐라.]

젝토르의 말에 정진은 얼른 앞에 있는 목걸이를 들었다.

자세히 들여다보니 마법적인 문양들과 함께 룬어로 스펠이 적혀 있었다.

정진은 목걸이를 목에 걸고는 오른손을 들어 마법을 시전하였다.

"트렌스폼!"

스펠을 영창하자 오른손에서 흘러나온 소량의 마나가 목걸이에 있는 마정석에 스며들더니, 밝은 빛을 내기 시작하였다.

번쩍!

순식간에 빛이 사라지고, 어느새 정진의 상체를 가리는 스케일 아머가 나타났다.

"와!"

정진은 목걸이가 변한 스케일 아머를 손으로 쓸어보았다.

스르르!

매직 아머의 비늘이 손바닥을 타고 느껴지는 감촉에 절로 미소가 지어졌다.

비늘마다 일일이 새겨진 문양 하나하나가 모두 예술이었다.

더욱이 마법 문자인 룬이 중첩되면서 가지는 방어력과 마법 증폭 효과는 정진의 심장을 절로 뛰게 해주었다.

"감사합니다."

매직 아머를 살펴본 정진은 젝토르와 제라드에게 고개를 숙이며 감사의 인사를 하였다.

그런 정진의 모습에 젝토르와 제라드는 의아하다는 표정을 지었다.

그들은 지금 정진이 고개를 숙이는 모습에 깜짝 놀랐다.

아케인 제국 시절, 인간들은 절대로 저런 식으로 고개와 허리를 숙이는 인사를 하지 않았다.

고마움을 느끼더라도 눈을 마주하며 감사의 말을 하는 것으로 끝냈다.

고개를 숙인다는 것은 굴종의 표시였기 때문이다.

하지만 지금 정진이 인사하는 모습에선 절대로 굴종의 느낌이 아닌, 진정으로 자신들에게 고마움을 표하는 마음이 느껴졌다.

[로브도 마저 착용해 봐라.]

그런 정진의 인사에 좀 어색한 느낌이 든 젝토르는 얼른 말을 돌려 로브도 착용할 것을 종용했다.

사실 매직 아머도 괜찮은 물건이지만, 마법사에겐 마법을 시전하는 보조 수단인 스태프나 완드와 더불어 로브가 더욱 중요한 것이었다.

영화나 소설에도 마법사하면 연상되는 것이 스태프와 몸에 두른 로브가 아닌가.

마법사에게 로브란 것은 그저 멋을 내기 위한 것이 아니었다.

모자가 달려 있고 몸을 가릴 수 있기에 기후변화에 몸을 보호하는 용도뿐만이 아니라 마법사가 행하는 여러 가지 실험 때 몸을 보호하는 역할을 한다.

즉, 마법 처리가 된 의복 형태의 아티팩트인 것이다.

정진도 그러한 것을 잘 알기에 기꺼이 로브를 들어 몸에 둘렀다.

로브는 천이 아닌 짐승의 가죽으로 만든 것 같았는데, 무게가 전혀 느껴지지 않았다.

로브를 걸치기 전에 손으로 만졌을 때는 상당한 질감이 느껴졌지만, 상대적으로 무게감이 느껴지지 않아 의아했다.

더욱이 걸치고 나니 몸이 무척이나 상쾌했다.

'이것도 좋은데?'

정진은 로브에서 느껴지는 포근한 느낌에 마치 어머니 품에 안긴 것처럼 무척이나 편안했다.

[마법사의 로브는 언제나 컨디션을 최적의 상태로 유지해준다. 그러기 위해서 컴플리트 힐 마법이 항시 적용되어 있고, 그 외에도 외부 기온과 상관없이 체온을 유지시켜 주는 항온 마법과 언제나 청결을 유지하는 클린 마법이 새겨져 있다. 물론 기본적으로 실드 마법도 새겨져 있고.]

젝토르의 설명이 이어질수록 정진의 입은 다물어지지 않았다.

겉으로 보기에는 별로 특별해 보일 것도 없는 로브인데, 그 안에 이렇게나 많은 마법이 숨겨져 있을 줄은 전혀 생각지도 못했다.

[준비가 부족해 더 좋은 것을 만들 수 없었다. 시간만 허락했다면 네게 더 좋은 것을 준비해 줬을 테지만, 운명이 그것을 허락하지 않는군.]

"아닙니다. 제가 비록 이제 겨우 어설픈 마법사가 된 수준이지만, 젝토르와 제라드가 제게 얼마나 대단한 것을 준 것인지, 저도 잘 알고 있습니다."

정진은 진심을 담아 답했다.

매직 아머와 로브에서 느껴지는 기운만으로도 두 가지 물건이 얼마나 대단한 것인지 알 수 있었다.

[네가 마음에 들었다니, 그건 더 이상 거론하지 말자. 그리고 내가 널 부른 이유는 그것들을 주기 위한 이유도 있지만, 더 중요한 것은 이제 네가 아카데미를 떠날 때가 되었기 때문이다.]

"아니, 그게 무슨 말씀이십니까? 아직 제 경지가 낮아 조금 더 시간이 필요하다 하지 않으셨습니까?"

정진은 제라드의 말에 깜짝 놀랐다.

전에 제라드는 정진에게 지금의 클래스가 가진 한계를 깨고 6클래스가 되었을 때 돌아가라고 하였다.

6클래스는 되어야 자기 한 몸 지킬 정도가 된다는 이유에서였다.

물론 지구에 있는 가족들의 얼굴이 잠시 스쳐 지나갔지만, 뭔가 이건 아니란 생각이 들었다.

[원래 계획은 네가 최소 6클래스 정도가 되었을 때 보내려 했지만, 그때와 상황이 바뀌었다. 위대한 아케인의 마도도 대자연의 힘 앞에선 어쩔 도리가 없구나.]

뭔가 회한이 담긴 듯한 제라드의 말에 정진은 알 수 없는 진한 슬픔을 느꼈다.

하지만 그런 감정을 추스르기도 전에 이어진 말은 충격적인 것이었다.

[이곳 아케인 아카데미는 7일 뒤, 세상에서 사라질 것이다.]

"헉! 그게 정말인가요? 그럼 두 분은 어떻게 되는 것인가요?"

정진은 경악하며 가장 먼저 젝토르와 제라드의 신변이 걱정되었다.

젝토르는 담담한 음성으로 대답을 했다.

[우리는 의무로 인해 이곳에 묶인 몸이다. 그렇기에 운명이 다하는 날, 우리 또한 아카데미와 함께할 것이다. 그나마 우리의 염원이 네게 이어졌으니 안심이 된다.]

"젝토르……."

정진은 가슴이 먹먹해졌다.

자신이 죽을 위기에 처했을 때 목숨을 구해주고, 또 집으로 돌아갈 수 있게 엄청난 능력을 가르쳐 주었다.

비록 소망이라며 자신들이 가르쳐 준 것을 계승하고 발전시켜 다시 한 번 마도가 이 세상에 꽃피울 수 있게 해달라고 하였지만, 그건 오히려 정진 자신이 해보고 싶은 일이었다.

조건이라고 내세운 것이 발목을 잡는 일이 아니라 자신을 더욱 향상시킬 수 있도록 마음을 고취시키는 일이었기에, 정진은 그들의 당부가 아니더라도 죽을 때까지 마법을 수련하고 발전시킬 것이었다.

[다만 아쉬운 것이 있다면, 네가 완성할 마도를 볼 수 없다는 것이다.]

끝까지 자신에 대한 걱정이 묻어나는 젝토르의 말에 정진은 두 눈이 뜨거워졌다.

"걱정하지 마십시오. 무슨 일이 있든 마도를 계승하고 발전시켜 반드시 두 분의 염원을 이루고 말겠습니다. 만약 제가 못하더라도 제 후손들이, 그들이 못하면 그 후손들이 계승할 것입니다. 이것은 제가 심장에 돌고 있는 마나에 대고 맹세합니다."

정진은 두 존재가 자신에게 베푼 은혜를 갚기 위해 말을 하다 급기야 마나의 맹세를 하였다.

정진 또한 마법을 익히면서 마나에 대고 하는 맹세가 얼마나 중요한 것인지 잘 알고 있었다.

그렇기에 젝토르와 제라드의 앞에서 그러한 맹세를 한 것이기도 했다.

[고맙다. 네가 그리 말해주니 이제 안심하고 마나의 품으로 돌아갈 수 있겠구나.]

젝토르와 제라드는 정진의 진심을 느끼며 그렇게 말했다.

하지만 정진은 알고 있었다.

둘은 절대로 마나의 품으로 돌아가 영혼의 안식을 취할 수 없다는 것을.

리치가 된 제라드는 물론이고, 흑마법은 아니지만 그와 유사한 존재가 된 젝토르 또한 자신이 떠나고 아카데미가 최후를 맞을 때 영혼조차 구원 받지 못하고 소멸될 것이란 걸 알고 있었다.

하지만 그러한 내색은 하지 않았다.

그것이야말로 자신이 두 존재를 존중하는 일이란 것을 알기에, 더 이상 거론하지 않고 침묵하였다.

아카데미는 아침부터 부산했다.

비록 지하에 있지만, 마법으로 인해 전혀 그런 느낌이 없었다.

일루전 마법으로 인해 아카데미의 천장은 하늘로 보였고, 그 하늘에는 태양이 밝게 빛나고 있었다.

물론 아카데미를 비추는 태양은 실제 태양이 아닌 마법으로 만들어낸 환상일 뿐이다.

몇 명 살지 않아 부산스러울 것도 없는 아카데미지만, 어쩐 일인지 오늘만큼은 평소와 달랐다.

[모두 챙겼느냐?]

"예, 모두 챙겼습니다."

[그래. 네게 무거운 짐을 지운 것 같아 미안하다.]

"아닙니다. 이 모든 것은 제가 원한 것입니다. 그렇게 미안해하지 않으셔도 됩니다. 그리고 제게 가르쳐 주신 모든 것을 익혀 젝토르와 제라드가 들려준 마도제국 아케인을 다시 한 번 이 땅에 꽃피워 보이겠습니다."

정진은 굳은 표정으로 자신을 배웅하는 젝토르와 제라드에게 다짐하듯 말을 하였다.

[고맙다. 참, 그것은 챙겼느냐?]

제라드는 뭔가 생각이 났는지 정진에게 물었다.

제라드가 말한 것은 바로 하나의 반지였다.

얼마나 색이 진한지 빛마저 빨아들일 것처럼 칠흑의 반지였다.

"예. 여기."

정진은 왼손을 내밀어 제라드에게 보여주었다.

정진의 왼쪽 검지에 끼워진 반지를 확인한 제라드는 고개를 끄덕이고는 시선을 돌려 이번엔 정진의 발아래 앉아 있는 타라칸을 보았다.

[넌 죽을 때까지 정진을 보호하고, 그가 이룩한 것들을 지켜야 한다.]

제라드는 마치 위협이라도 하듯 타라칸에게 경고했다.

타라칸은 고개를 조아리며 대답하였다.

[잘 알겠습니다.]

다시 시선을 돌려 정진을 본 제라드는 담담하게 말을 이었다.

[그만 떠나라. 이별은 짧을수록 좋다고 했다.]

[그래, 너도 이만 가족들의 품으로 돌아가야지.]

“예, 그럼 가보겠습니다. 그동안 감사했습니다, 스승님들.”

정진은 젝토르와 제라드에게 큰절을 올렸다.

두 손을 포개고 몸을 웅크리는 모습은 며칠 전 정진에게서 고개를 숙이는 인사를 받았을 때보다 더한 충격을 두 존재에게 선사하였다.

큰절을 하는 정진의 몸에서 풍겨지는 진한 긍정적인 마나의 향을 느끼며, 젝토르와 제라드는 무한한 감동을 느꼈다.

영원이라고 해도 될 정도로 오랜 시간을 존재하면서 단 한 번도 이러한 마나의 향을 느껴보지 못했다.

특히나 젝토르와 다르게 죽은 몸이지만 육체를 가지고 있어 세상을 돌아본 경험이 있는 제라드는 더욱 큰 충격을 받았다.

그는 이와 비슷한 마나의 향을 느껴본 기억이 있었기 때문이다.

그건 아케인 제국이 사라지고, 또 다른 인류가 대륙에 번성할 때였다.

성자와 성녀라 불리던 이들이 신에게 바치던 진솔한 믿음에서 쏟아내던, 바로 그 밝은 빛의 마나.

한 점의 부정적인 삿된 사념조차 묻어 있지 않은, 그런 마나를 눈앞에 있는 정진이 자신들을 향해 발하고 있던 것이다.

[아!]

[아!]

젝토르와 제라드는 정진의 몸에서 발산되는 긍정적 마나로 인해 뭔가 알 수 없는 감정에 빠져들었다.

이런 느낌은 오래전 깨달음을 얻었을 때 느낀 감동을 넘어선, 말로 형언할 수 없는 기쁨을 안겨주었다.

"가보겠습니다."

젝토르와 제라드가 자신으로 인해 어떤 감정에 빠져 있는지 알지 못한 정진은 몸을 일으킨 뒤 작별의 말을 남기며 길을 나섰다.

잘 떨어지지 않는 무거운 발걸음이지만, 한편으로는 지구에서 자신을 걱정하고 있을 가족들에게 돌아간다는 흥분에 중심을 잡기가 힘들었다.

하지만 그래도 정진은 꿋꿋하게 걸음을 옮겼다.

"후하, 이게 얼마 만인가."

지하를 벗어나 지상에 올라온 정진은 가슴을 펴며 깊게 숨을 들이마셨다.

지하에 있던 아케인 아카데미에서 생활할 때도 마법으로 인해 신선한 공기로 숨을 쉬었지만, 그래도 느낌이 새로웠다.

아무리 마법으로 만들어진 신선한 공기를 마셨다고 하지만, 자연 그대로의 싱그러운 공기의 맛은 그것과는 달랐다.

무척이나 달고 맛이 좋았다.

처음 뉴 어스에 도착했을 때도 이 정도 느낌은 아니었다.

아마도 고립된 곳에서 벗어나 집으로 돌아갈 수 있다는 희망 때문에 더욱 그런 느낌을 받는 것일지도 모르겠지만, 현재 정진이 느끼는 지상의 공기는 정말로 맛이 좋았다.

"너도 지상에 나오니 좋지?"

정진은 시선을 밑으로 내려 타라칸을 보며 물었다.

[그렇습니다.]

타라칸의 대답을 들은 정진은 미소를 지으며 주변을 둘러보다가 이내 한 가지 문제점을 깨닫고 당황하였다.

'이런, 뉴 서울이 어느 쪽이지?'

그랬다. 현재 정진은 자신이 있는 곳이 어디인지, 그리고 처음 자신이 출발한 뉴 서울 캠프가 어디에 있는지 전혀 알지 못했다.

“하… 이거 어디로 가야 하지?”

정진은 갑자기 예상치 못한 난관을 만나 한숨을 내쉬었다.

아무리 주변을 둘러보아도 사방 모두 빽빽한 숲뿐이다.

저 멀리 숲 위로 솟아 오른 눈 덮인 흰머리산이 아스라이 보일 뿐이었다.

“넌 길을 아냐?”

정진은 넋두리처럼 타라칸을 보며 물었다.

너무도 막막하기에 그저 해본 말인데, 타라칸은 고개를 끄덕이며 대답했다.

[알고 있습니다.]

타라칸은 정신이 연결되어 있기에 정진이 가고자 하는 목적지에 대해 알고 있었다.

“그래?”

[예, 제가 안내하겠습니다. 우선 몸을 키워도 되겠습니까?]

타라칸은 정중함을 유지하며 물었다.

아무래도 빠르게 이동하기 위해서는 본신의 크기가 더 유리했다.

"그렇게 해."

정진의 허락이 떨어지자 타라칸은 심장에 있는 근원의 힘, 즉 마나를 온몸에 활성화시켜 원래의 몸 크기로 돌아갔다.

[제 등에 타십시오.]

타라칸은 변신한 후 몸을 낮추며 정진에게 말했다.

가족에게 빨리 돌아가려는 정진의 마음을 알기에 자신이 직접 태우고 인간들이 모여 살고 있는 곳을 향해 달렸다.

그곳으로 가기 위해선 자신의 영역을 통과해야만 했다.

타라칸이 살펴본 바로는 지금 자신들이 있는 곳은 예전 블러드 고블린들이 있던 지역에서도 서쪽으로 한참이나 벗어난 지역이었다.

그러니 마스터인 정진이 가려는 방향으로 가려면 우선 블러드 고블린들의 영역을 지나 부아칸이 강철 거인들을 상대하던 곳까지 질러 가야만 했다.

타닥타닥!

휘잉!

타라칸이 달리기 시작하자 정진의 귓가로 바람 소리가 들렸다.

그리 힘차게 달리는 것 같지 않은데도 타라칸의 속도는 상당히 빨랐다.

타라칸의 등 위에 타고 있는 정진은 자신의 곁을 스쳐 가는 풍경을 보며 감탄했다.

'엄청나게 빠르구나. 음, 타라칸을 그저 가디언으로 쓰는 것보다 잘만 이용하면 보다 편하게 돈을 벌 수 있을 것 같은데…….'

정진은 타라칸의 이동 속도를 활용할 방법들을 생각하며 달리는 타라칸에게 몸을 맡겼다.

얼마를 달렸을까.

숲 저 멀리서 몬스터의 괴성이 들렸다.

꺄까꺄! 꺄갸각꺄!

찢어지는 듯한 괴성이 들리자 정진은 호기심이 발동했다.

"저기로 가보자."

예전 탐사대에 일꾼으로 참여했을 때만 해도 주변에서 작은 소리만 나도 두려움에 떨던 정진이지만, 이젠 그때와 달랐다.

스스로가 5클래스 익스퍼트 마법사이며, 또 아머드 기어네 기와 막상막하로 싸우던 몬스터보다 더욱 강력한 가디언이 곁에 있는데 무엇이 두려우랴.

더군다나 타라칸에게 들은 바로는 이 주변엔 더 이상 자신을 위협할 만한 몬스터가 남아 있지 않다고 했다.

가디언을 구하기 위해 제라드가 지배자급 몬스터들을 솎아냈기 때문이다.

그래서 자신 있게 타라칸을 소리가 들린 곳으로 향하게 하였다.

소리가 들려온 곳으로 향하는 타라칸은 조금 전 울음소리의 몬스터가 무엇인지 알 수 있었다.

[블러드 고블린의 소립니다. 별로 강한 놈들은 아니지만, 독을 쓰는 것에 능숙하니 조심하십시오.]

"알겠다. 무슨 일이 있는지 볼 수 있게 조용히 접근해."

[알겠습니다.]

정진은 블러드 고블린들이 무엇 때문에 괴성을 지르는지 살펴보고, 기회가 되면 몬스터를 잡아 마정석을 채취하기로 결정했다.

지구로 돌아가면 남은 의뢰비를 받을 수 있겠지만, 그래도 빈손으로 돌아가는 것보다는 몬스터를 잡아 돈을 벌 수 있다면 더 좋을 거라 생각해 그리 결정한 것이었다.

이미 사냥에 실패한다거나 거꾸로 그들에게 당할 것이라

는 생각은 하지 않고 있는 정진이었다.

자신의 능력에 믿음이 생긴 정진은 타라칸의 우려와 다르게 아주 자신감이 넘쳤다.

솔직히 무력 측면에선 걱정할 것이 없었다.

다만, 타라칸이 정진에게 주의를 준 것은 블러드 고블린의 독이 얼마나 지독한 것인지 잘 알고 있기 때문이었다.

재생력이 뛰어난 부아칸마저 쉽게 도발하지 않을 정도로 지독한 것이 바로 블러드 고블린의 독이었다.

아무리 마법을 익혔다지만, 인간인 정진에게 독은 무척이나 치명적으로 작용할 수 있었다.

그런데 그러한 사정도 모르고 첫 실전에 흥분하고 있는 자신의 주인이 타라칸은 걱정되었다.

더욱이 타라칸은 영혼이 종속되어 있기에 만약 정진이 죽기라도 한다면 영혼에 크나큰 타격을 입는다.

작게는 미쳐 버릴 것이고, 심하면 목숨을 잃을 수도 있었다.

지배의 인이 무서운 점이 바로 이것이다.

패밀리어 마법은 마법사가 죽게 되면 종속된 객체는 마법으로부터 해방을 맞이하는 반면, 지배의 인에 종속된 객체는 영혼에 타격을 받아 미치거나 죽게 된다.

그렇기에 지배의 인에 종속된 객체는 자신의 목숨을 걸고 마스터를 지켜야 했다.

타다닥!

정진과 타라칸은 블러드 고블린이 괴성을 지른 지점에 도착해 현장을 살폈다.

"흠?"

도착한 현장에는 헌터로 보이는 한 사람이 블러드 고블린과 사투를 벌이고 있었다.

그런데 놀라운 점은 주변에 블러드 고블린의 시체가 두구나 있다는 것이었다.

현장에 도착하기 전 타라칸이 말하길, 블러드 고블린은 독을 능숙하게 사용할 뿐만 아니라 신체 능력도 상당하다고 했다.

그런데 현장에 도착해 보니 헌터 한 명이 세 마리의 블러드 고블린을 상대로 두 마리를 죽이고 마지막 남은 블러드 고블린을 상대하고 있던 것이다.

"강하다며?"

정진은 타라칸을 돌아보며 작게 중얼거렸다.

그런 정진의 말에 타라칸은 작게 그르렁거렸다.

정진이 타라칸을 상대로 타박을 하고 있을 때, 헌터와

마지막 남은 블러드 고블린의 사투는 점점 치열해져 갔다.

팟! 파팟!

헌터는 왼팔에 차고 있는 암 가드를 이용해 블러드 고블린의 공격을 흘려내고 품으로 파고들어 오른손에 든 단검을 힘껏 찔렀다.

무척이나 빠른 공격의 연환기.

블러드 고블린의 품으로 뛰어들어 칼질을 하고, 반격을 할라 치면 품에서 빠져나와 견제하였다.

정진은 그런 모습을 보고 굉장히 숙련된 헌터란 것을 느낄 수 있었다.

"와! 대단하다."

그릉!

타라칸도 정진과 같은 생각을 했는지, 낮게 그르렁거리며 긍정의 표시를 했다.

그때, 정진은 블러드 고블린과 싸우고 있는 헌터를 보다가 묘한 느낌을 받았다.

지금은 멀어서 확신할 수 없지만, 어쩐지 많이 익숙한 느낌이었다.

몬스터의 피를 뒤집어써서 쉽게 용모를 분간하기 힘들지

만, 분명 자신이 알고 있는 누군가를 떠올리게 하였다.

"설마? 에이, 설마… 아니겠지?"

정진이 혹시나 하는 마음에 조금 더 다가가 집중하여 헌터를 살피자, 자신의 예상대로 너무도 익숙한 모습이 보였다.

하지만 그 사람은 저렇게 살벌하게 몬스터와 사투를 벌일 정도로 와일드하고 활동적인 사람이 아니었다.

권태로운 표정으로 주어진 일만 하고, 가끔 마음이 내킬 때 동료들에게 조언을 해주던 사람이라 도저히 매치가 되지 않았다.

그렇지만 마법을 익히고 관찰력이 높아진 정진이 보기에 그는 탐사대 일꾼들의 조장 역할을 하던 이정진이 확실해 보였다.

"그러고 보니 헌터를 하다 그만두었다고 하지 않았나? 저 모습을 보면 헌터를 그만둔 것이 아닌 것 같은데……."

정진은 블러드 고블린과 싸우고 있는 헌터를 자신이 알고 있던 이정진이라 단정하고 그렇게 중얼거렸다.

그러고 나니 마음이 편해지고, 또 반가운 마음이 생겼다.

"어?"

블러드 고블린의 목에 마지막 일격을 가하는 모습을 보고 자리에서 일어나 막 다가가려 할 때, 갑자기 헌터의 뒤에서 블러드 고블린 다섯 마리가 튀어나오는 것이 보였다.

"엎드려!"

정진은 고함을 쳐 주의를 주고는 마법을 시전하였다.

"콜 라이트닝!"

중간에 헌터가 있기에 정진은 그 뒷공간을 노리고 콜 라이트닝 마법을 사용하였다.

그런데 너무도 다급하게 사용하다 보니 마나를 집중하지 못했다.

때문에 시전된 마법은 굵은 밧줄 굵기의 번개가 되어 허공에서 헌터의 뒤를 덮치던 몬스터들에게 떨어졌다.

쾅! 파지직!

재대로 마나가 집중되지 않았지만, 5클래스 마법인 콜 라이트닝은 그 클래스를 보여주듯 다섯 마리의 블러드 고블린을 순식간에 빈사 상태로 만들었다.

하지만 컨트롤이 실패한 탓에 함께 휩쓸린 헌터 또한 전류에 감전된 모습을 보였다.

파지직! 파지직!

"헉!"

정진은 설마 자신이 시전한 마법에 이정진으로 보이는 헌터까지 휩쓸릴지 예상하지 못했다.

정작 구출하려던 이에게 피해를 입혀 버린 것이다.

"제길!"

정진은 짧게 된소리를 내뱉고 헌터를 향해 뛰어갔다.

"이봐요! 괜찮아요?"

정진은 다급하게 쓰러진 헌터를 붙들고 상태를 살폈다.

"으……."

헌터가 작게 신음을 흘리자 얼른 그에게 마법을 시전했다.

"힐!"

치료 마법인 힐을 통해 헌터의 상태가 호전되는 것을 확인한 정진은 고개를 돌려 자신의 마법 공격을 뒤집어쓴 몬스터의 상태를 확인했다.

너무 갑자기 시전한 마법이라 조금 불안했는데, 그래도 5클래스 마법이라 그런지 몬스터들은 모두 죽어 있었다.

비록 마나의 집중이 흐트러졌다곤 해도 5클래스 최강의 마법인 콜 라이트닝이 직격했는데 버틸 수는 없었을 것이다.

정진은 몬스터의 상태까지 모두 확인한 뒤, 타라칸을 불러 주변을 정리하라 지시를 내렸다.

그러자 정진의 곁에 있던 타라칸은 죽은 블러드 고블린의 시체를 물고 숲 안으로 사라졌다.

그런 타라칸의 뒤에 대고 정진이 소리쳤다.

"마정석 챙겨와!"

[알겠습니다.]

타라칸은 정진의 명령에 의념으로 대답을 하였다.

"참, 이정진 형인지 확인해 봐야지."

정진은 아직 정신을 차리지 못한 헌터를 내려다보며 중얼거렸다.

그러고는 몬스터의 피로 지저분해진 헌터의 얼굴에 마법을 사용했다.

"클린!"

마법이 시전되자 정진의 손에 마나가 모여들었다.

그렇게 모인 마나를 가져다 대니 몬스터의 피로 얼룩졌던 헌터의 얼굴이 깔끔해지며 본모습을 드러내기 시작했다.

"역시 정진 형이었네."

예상대로 블러드 고블린들과 싸우던 헌터는 이정진이

었다.

정진은 반가운 마음과 함께 곧 의문이 들었다.

자신이 알고 있는 이정진은 헌터 생활에 염증을 느끼고 헌터 일을 그만 두었다고 했다.

돈이 필요할 때만 의뢰를 받아 일꾼으로 일을 한다고 했는데, 지금 이런 곳에서 홀로 이러고 있으니 의아했던 것이다.

"음, 어떻게 된 것이지? 시간상으로 보면 탐사대 일이 끝난 지 얼마 되지 않았을 텐데… 설마 혼자서 몬스터를 잡기 위해 돌아온 것도 아닐 테고… 무슨 일이 있었나?"

정진은 도무지 상황을 이해할 수가 없었다.

"뭐, 깨어나면 물어봐야지."

정진은 어차피 지금 고민해 봐야 알 수 없는 일이기에 일단 기절한 이정진을 어깨에 메고 자리에서 일어났다.

굳이 몬스터의 피가 흥건한 이곳에서 쉬느니, 깨끗하면서도 몬스터로부터 어느 정도 방어가 수월한 곳을 찾아 이동하는 정진이었다.

전투가 벌어진 곳에서 조금 떨어진 커다란 나무 아래.

정진은 이곳에 이정진을 눕혀주었다.

정신을 차린 이정진은 자신이 죽지 않았다는 것에 의아해하며 주변을 살폈다.

'분명 쓰러지기 전에 사람의 고함 소리를 들은 것 같은데…….'

상대가 인간이라도 뉴 어스에선 항상 조심해야 했다.

자칫 방심을 했다가 범죄자들에게 살해될 수도 있기 때문이다.

뉴 어스에서는 몬스터의 공격을 받아 죽기도 하지만, 사실 그에 못지않게 다른 헌터 클랜이나 파티에 습격을 당해 죽는 이도 많았다.

때문에 이정진은 분명 도움을 받은 것 같다는 생각은 들었지만, 일단 경계를 늦추지 않았다.

한편, 정진은 얼른 다가가 이름 모를 이계의 열매껍질로 만든 그릇에 물을 담아 이정진에게 내밀었다.

"드세요."

"으앗!"

막 깨어나 주변을 살피던 이정진은 갑자기 들려온 목소리에 깜짝 놀랐다.

게다가 기습적으로 자신에게 무언가를 내밀자 비명을 지르며 뒤로 한 걸음 물러났다.

턱!

하지만 커다란 나무에 몸을 누이고 있었기에, 조금 움직이니 바로 벽에 막힌 것처럼 멈춰 섰다.

"뭐해요? 어서 한 모금 마시고 주세요."

또다시 들린 목소리에 그제야 고개를 들어 상대를 살핀 이정진의 눈이 한없이 커졌다.

자신의 눈앞에 죽었다고 생각했던 사람이 멀쩡한 모습으로 서 있었기 때문이다.

"어어?"

너무도 기막힌 상황에 이정진은 어떤 말도 하지 못하고 억눌린 소리만 내뱉었다.

"헐, 제가 살아 있는 것이 그렇게 놀랄 일이에요?"

정진은 이정진이 마치 귀신이라도 본 듯한 표정을 하고 있자 조금 섭섭한 표정을 지으며 말했다.

하지만 이정진은 너무 놀란 나머지 어떤 말도 못하고 멍하니 쳐다보고만 있었다.

이정진은 일단 물그릇을 받아 들어 마셨다.

꿀꺽꿀꺽.

"휴, 잘 마셨다."

차가운 물이 들어가자 그제야 정신이 드는지 이정진이 입을 떼며 다시 한 번 정진을 돌아보았다.

그렇게 한동안 있던 이정진이 굳은 표정으로 물었다.

"그동안 어디에 있던 것이냐?"

정진은 빙그레 미소를 지으며 대답을 했다.

"아주 환상적인 곳에 있었어요. 그곳에 가기까지 죽을 고비를 넘기긴 했지만… 이렇게 살아 있으니 된 거죠, 뭐."

정진은 자신이 겪은 일을 간략하게 들려주었다.

물론 아무리 형 같은 이정진이라도 모든 사실을 말한 것은 아니었다.

더욱이 조금 전 이정진이 블러드 고블린들과 전투를 하는 모습을 보고, 그 또한 뭔가 비밀을 가지고 있다고 느꼈기 때문이다.

그래도 일단은 자신과 친하게 지내던 사람을 몬스터가 우글거리는 숲에서 만나게 되자 기쁜 감정이 앞섰다.

"그런데 왜 혼자 몬스터를 잡고 있어요?"

이야기가 어느 정도 정리되자 정진은 궁금해하던 점을 그제야 물었다.

자신이야 홀로 낙오되었다가 돌아왔으니 그렇다 쳐도 이정진은 왜 홀로 그런 곳에서 전투를 벌이고 있었는지 도무지 알 수 없는 일이었다.

이정진은 잠시 입을 다물었다.

자신이 정부로부터 노태 클랜을 감시하는 의뢰를 받았다고 하기도 그렇고, 그렇다고 다른 변명을 꺼내놓기엔 적당한 말이 잘 떠오르지 않았다.

"그게… 엇!"

이정진은 무어라 말을 하려다 말고 비명성을 내질렀다.

그러고는 성큼성크 다가오는 타라칸을 보며 잔뜩 긴장하며 경계 자세를 취했다.

백호를 연상시킬 정도로 새하얀 순백의 털에 4m는 훌쩍 넘을 정도로 엄청난 크기의 맹수가 다가오고 있으니 긴장을 하지 않을 수가 없었다.

"뭘 봤기에 그리 긴장을 하세요?"

정진은 이정진이 갑자기 시선을 고정시키고 말을 잇지 못하자 뒤를 돌아보았다.

"아, 타라칸이 몬스터 사체를 다 처리했나 보네요."

긴장된 표정으로 있던 이정진은 정진이 너무도 태연하게 맹수를 대하며 중얼거리자 눈을 크게 떴다.

"타라칸? 혹시 네가 아는 놈이냐?"

이정진은 너무도 황당한 묻지 않을 수 없었다.

그에 너무도 편안하게 대답하는 정진이었다.

"네, 제 가디언이에요."

"가디언?"

정진이 별거 아니란 듯 말하자 이정진은 더욱 혼란스런 표정이 되었다.

느닷없이 무슨 가디언이란 말인가.

얼마 전만 해도 돈이 없어 기간제 일꾼으로 계약했던 사람이 몬스터가 즐비한 이계의 밀림에 혼자 돌아다니질 않나, 듣도 보도 못한 엄청난 크기의 맹수를 애완견 소개하듯 덤덤한 말투로 자신의 가디언이라고 하질 않나.

이정진은 도무지 뭐가 뭔지 알 수가 없었다.

"아까도 이야기했지만, 던전에서 길을 헤매다 이곳의 문명인을 만났습니다. 그들에게 구원을 받고 몇 가지 생존에 필요한 기술도 배웠으며, 저렇게 제 안전을 위해 가디언까지 만들어줬어요."

정진은 조금 전 간추려 이야기를 하느라 빠진 내용들을 좀 더 덧붙여 말해주었다.

조금 건너뛰기는 했지만 전혀 틀린 말은 아니기에 정진의 얼굴에선 한 점의 거짓도 찾아볼 수 없었다.

"저런 대단한 것을 알지도 못하는 네게 선물해 주다니,

그들은 산타클로스냐?"

이정진은 아직도 자신들이 있는 곳을 향해 다가오는 타라칸의 모습에 기가 질린 듯했다.

아케인 제국의 9클래스 마도사였던 젝토르와 제라드가 뜻하지 않게 산타클로스가 되는 순간이었다.

〈『헌팅 프론티어』 제3권에서 계속〉

1판 1쇄 찍음 2016년 4월 25일
1판 1쇄 펴냄 2016년 5월 2일

지은이 | 정사부
펴낸이 | 정 필
펴낸곳 | 도서출판 **뿔미디어**

기획 · 편집 | 문정흠 · 한관희

출판등록 | 2002년 9월 11일 (제1081-1-132호)
주소 | 경기도 부천시 원미구 소향로 17번길(두성프라자) 303호 (우) 14544
전화 | 032)651-6513 / 팩스 032)651-6094
E-mail | bbulmedia@hanmail.net
홈페이지 | http://bbulmedia.com

값 8,000원

ISBN 979-11-315-7114-9 04810
ISBN 979-11-315-7112-5 04810 (세트)

※파본은 구입하신 서점에서 교환하여 드립니다.

www.bbulmedia.com

www.bbulmedia.com